La colline qui prie

Nel-Agnes Obersson

ISBN :   978-2-9558502-0-6 (broché)

978-2-9558502-1-3 (epub)

Ce qu'on ne veut pas savoir de soi-même
finit par arriver de l'extérieur comme un destin.
Carl Gustav Jung (1875-1961)

Sommaire

Prologue

Des flammes vacillantes, fragiles, graciles, dansaient au contact de l'air. Le long des cierges, à la blancheur translucide, des coulées de cire glissaient avec lenteur, lui évoquant des sanglots silencieux. A travers ses yeux embués, les pâles bougies paraissaient flotter dans la pénombre, détachées de leur support, comme des visions fantomatiques. En dépit de l'obscurité, une délicate lumière bleutée émanant du mur, derrière les cierges, se diffusait petit à petit dans la pièce, envahissant ses cellules, lui procurant la sensation de se fondre dans les nuages. Et une musique hypnotique, aux notes sombres et lancinantes, semblait emplir la pièce d'une présence quasi physique.

Elle se sentait dériver. Une douce substance cotonneuse l'enveloppait, engourdissait ses jambes, ses bras, son cerveau. Il lui parut de plus en plus difficile de raisonner clairement ; ses pensées flottaient, comme son cœur, délivrées de la douleur. Elle luttait pourtant vaillamment, le regard rivé aux flammes tremblotantes, telle une naufragée gardant dans sa ligne de mire un phare lointain, par une nuit d'encre. Son regard s'embuait à force de s'accrocher ainsi à la vision des flammes. En face d'elle l'œil bleu gigantesque la fixait toujours. N'allait-il donc jamais ciller, détourner son attention, la laisser en paix ? Elle ne pouvait plus soutenir ce regard immobile, sans vie, sans profondeur.

Elle bougea de quelques centimètres et sentit la lame froide du couteau, à côté d'elle, sur le lit étroit. Elle n'avait plus d'énergie pour se donner le coup final. Les cachets agissaient, au-delà de ses espérances. Elle pensa qu'il y avait fort longtemps qu'elle ne s'était pas sentie aussi bien. Elle était légère, au-dessus de la mêlée, au-dessus de sa vie. Mais elle résistait encore pour maintenir ses paupières ouvertes. La lueur était rose à présent, et les flammes de plus en plus floues.

Soudain, elle sentit quelque chose de doux la frôler, sans même que la surprise la fit sursauter. N'était-ce pas un ange, qui volait jusqu'à elle, caressant de ses ailes immenses son corps fatigué, usé par la souffrance et l'angoisse ? Elle ne croyait pas aux apparitions surnaturelles. Pourtant, à cet instant, dans la pénombre, tout lui semblait possible. Elle entrait dans une nouvelle dimension, elle expérimentait un degré supérieur de conscience. C'était donc cela, mourir ? Si c'était si facile, pourquoi n'avait-elle pas agi plus tôt ? La musique la berçait toujours. Bientôt, ce serait fini. Elle abandonna. Ses yeux commençaient à se fermer. Avant de s'évanouir, il lui sembla entendre une voix l'appeler, de plus en plus pressante. L'ange, sans doute, qui venait la chercher. Elle perdit conscience.

I

Lyon au mois de juin était brûlant, comme à l'accoutumée, par la grâce de ce merveilleux climat continental qui faisait suffoquer ses habitants en été, et les frigorifiait en hiver. Elise, qui n'était pas quelqu'un de conventionnel, détestait les beaux jours et attendait avec impatience, comme le disait la chanson « les premières lueurs d'octobre ». Ce trait d'originalité, lorsqu'elle l'avouait, comme on avoue quelque chose d'intime et de très personnel, amenait inévitablement des sourires d'incompréhension, lorsqu'il ne s'agissait pas de moqueries pures et simples.

Pour la majorité de ses compatriotes, l'été faisait surgir des images bienheureuses de plages, de baignades, de rosé pris en terrasse ou de barbecues entre amis. Elise n'avait jamais rien connu de tel et ces mois ne lui évoquaient que la solitude et par-dessus tout, un ennui mortel et pénétrant. Lorsqu'en été, une grande métropole perd une partie de sa population, il règne dans ses rues vides, accablées de chaleur, un calme étrange et déconcertant. Par une curieuse contagion, il semblait à Elise qu'elle éprouvait à l'intérieur d'elle-même la même chose que sa ville désertée. Lyon l'été lui rappelait toujours « l'Enfer » l'un de ses livres fétiches, de René Belletto. Ce roman policier des années quatre-vingt mettait en scène un homme pris dans un engrenage machiavélique qu'il ne contrôlait pas, dans la ville caniculaire, ce Lyon qu'Elise avait connu, enfant, et dont elle ne gardait que quelques souvenirs vagues, empreints de nostalgie.

De retour du travail, tandis qu'elle parvenait, essoufflée, au quatrième étage du vieil immeuble dans lequel elle vivait, Elise trouva sa voisine Catherine, assise sur les marches devant son appartement.

Dès le palier du troisième étage, Elise avait deviné que celle-ci l'attendait, et avait hésité un bref instant avant de continuer son ascension. Après une journée de travail passée au contact d'usagers impatients, de collègues bavards et d'une hiérarchie à la fois exigeante et peu compréhensive, elle n'aspirait qu'au calme et à la solitude.

Catherine, qui tenait à se faire appeler Cathy, avait dix-neuf ans. Ses longs cheveux bouclés lui servaient principalement à se dissimuler le visage, et elle avait une tendance à s'habiller dans des vêtements trop grands pour elle, malgré sa silhouette menue. Elise estimait que l'existence même de voisins était une plaie contre laquelle on ne pouvait pas lutter, mais qui ne manquait pas de la faire souffrir. Pour elle qui ne rêvait que de silence, les voisins étaient toujours trop bruyants et envahissants. Elle était cependant toujours parvenue, jusqu'à présent, à éviter de se mêler de leurs vies et à les empêcher d'intervenir dans la sienne. Fort heureusement pour ses inclinations misanthropes, l'immeuble dépourvu d'ascenseur comportait de nombreux logements vacants.

Cathy était cependant parvenue, de manière imperceptible, à nouer un lien entre elles. Elle saluait Elise lorsqu'elle la croisait dans l'escalier, prenait de ses nouvelles, lui racontait des petites anecdotes sur sa vie d'étudiante en première année de psychologie. Elle possédait un humour pince-sans-rire, souvent mordant et noir, qui laissait entrevoir sa nature pessimiste et mélancolique sous des dehors insouciants. Les deux femmes en étaient venues à discuter plus longuement près des boites aux lettres ou dans la cage d'escalier, jusqu'à ce qu'Elise invitât sa voisine, un jour glacial de janvier, à boire un chocolat chaud chez elle.

Elise, longtemps murée dans son isolement, s'était découvert un goût pour la conversation et donnait également des conseils à la jeune fille, la faisant profiter, disait-elle non sans ironie, de sa grande sagesse et de son expérience. Elle ne se privait pas non plus de la railler gentiment :

— Catherine, c'est classique, intemporel. Et il y a eu Catherine la Grande... C'est un prénom d'impératrice, comme Elizabeth. Alors que Cathy, franchement, ça fait un peu mièvre, comme une héroïne de séries américaines. Pourquoi pas Cindy ou Ashley pendant que tu y es ?

Cathy, amusée par cette remarque, lui avait rétorqué qu'Elise n'était qu'un diminutif pas très original d'Elizabeth.

— Sans doute. De toute façon, je n'aime pas mon prénom. Il est fade. Et puis, il me fait toujours penser à la lettre de Beethoven, et ce n'est vraiment pas ce qu'il a fait de mieux.

Cette répartie avait mis fin à la conversation.

Ce jour-là, Elise fit entrer sa voisine dans son petit deux-pièces et lui proposa une boisson fraîche. Tandis qu'elle enlevait son trench-coat beige, un peu trop chaud pour cette journée de juin, Catherine s'installa sur le canapé, un verre à la main et lui parla de la dernière épreuve de psychologie, qui s'était déroulée le matin même :

— Il ne restait plus que les statistiques. Elle fit une grimace comique : c'est LA matière absolument indispensable pour laquelle je nourris une passion dévorante. Que feraient les psys sans les statistiques ?

Elise répondit distraitement en triant son courrier :

— C'est terminé, c'est l'essentiel. Tu es enfin délivrée de ton angoisse, tu vas pouvoir fêter ça. Tes parents vont partir bientôt, non ?

Au fil de leurs conversations, Catherine avait appris à Elise que ses parents avaient eu leur fille unique sur le tard. Ils étaient déjà retraités, et passaient la majorité des beaux jours dans une modeste maison de campagne aux alentours de Lyon. Catherine, qui s'y ennuyait ferme, avait horreur de les accompagner.

— En fait, ils sont partis ce matin… Je leur ai promis de les rejoindre ce week-end, comme ça il me reste trois jours de tranquillité ici. Tu sais là-bas, c'est sinistre, il n'y a personne de mon âge, on ne fait rien de particulier... et on n'a pas de piscine, juste un potager. Arracher les mauvaises herbes, ça va un moment…

— Au moins tu seras au frais. Ici ça devient étouffant.

Elise soupira, passa sa main sur son front moite. Cathy lui adressa un sourire goguenard.

— Et oui, c'est vrai ! C'est ton premier été ici ! Tu vas connaître les joies de vivre sous les toits. Tu es arrivée quand, en septembre dernier ?

— Novembre.

— Tu vivais où, déjà ?

— Dans le 9ème arrondissement, à Vaise. J'y suis restée longtemps. Pourtant je n'aimais pas ce quartier. Alors quand je me suis décidée à devenir propriétaire, j'ai choisi de prendre de la hauteur…

Cathy termina son soda d'une gorgée avide et bruyante. Elle se leva, emplit de nouveau son verre à ras bord et revint s'installer sur le canapé. Elle regarda Elise qui debout, allait et venait sans parvenir à se poser.

— Et toi, alors ? Tu vas partir cet été ? Elise parut sortir de ses pensées.

— Non. Je ne pars jamais. Je ne suis jamais partie. Je n'ai personne pour m'accompagner. Je ne saurais pas où aller toute seule.

Cathy ne releva pas ce que sous-entendait la réponse d'Elise. Elle soupira :

— Lyon plage. Je critique la campagne mais remarque, ici non plus, ce n'est pas la joie. Mes copines vont partir en vacances à la mer... La mer ! Je n'y suis pas allée depuis mes cinq ans... moi aussi j'aimerais aller me baigner mais mes parents n'aiment pas ça, et ils n'aiment pas non plus me voir partir avec des filles de mon âge. Remarque, l'avantage, c'est qu'elles auront déjà brûlé tout leur capital soleil que je n'aurais pas encore entamé le mien à trente ans...

Elise n'écoutait plus. Elle ouvrit l'une des deux fenêtres de sa pièce à vivre, qui comportait une cuisine intégrée, un coin repas et un canapé immense sur lequel elle passait le plus clair de son temps libre. Les murs blancs, les grandes fenêtres et la hauteur sous plafond généreuse conféraient à la pièce une atmosphère à la fois aérée et lumineuse, malgré la modestie de sa surface. En enfilade, une chambre aux belles proportions, idéalement exposée. Son premier appartement en tant que propriétaire, dont elle était très satisfaite, bien qu'elle n'ait pu consacrer autant d'argent qu'elle l'aurait souhaité à sa rénovation.

Elle ferma les yeux, respira lentement, et se pencha pour tenter de capter un peu de fraîcheur, en vain. Cathy, ne la sentant pas d'humeur à bavarder, la remercia pour le Coca glacé et s'éclipsa discrètement.

La porte refermée, Elise poussa un profond soupir. Elle enleva sans se baisser ses ballerines et, d'un coup de talon, les envoya à l'autre bout de la pièce. Elle alla les ramasser et les rangea soigneusement dans le meuble à chaussures de l'entrée. Puis elle tapota les coussins, et tendit correctement le jeté de canapé. Le désordre ainsi dompté, elle se servit un grand verre de soda, s'assit sur le rebord de la fenêtre et laissa errer ses pensées, les yeux dans le vague.

La vue depuis son appartement l'enchantait autant qu'à sa première visite. Au loin, se devinaient dans la brume causée par la pollution les vagues sommets de la chaîne des Alpes. Le temps ne permettrait pas de distinguer le Mont-Blanc aujourd'hui. A ses pieds, sa ville s'étendait, ses toits rouge brique et ses façades aux couleurs italiennes, ses deux cours d'eau qui luisaient sous la lumière du soleil. En face, Fourvière, l'autre colline, ses parties boisées, non aménagées, forêt singulière en plein cœur de la métropole. En contrebas, sur les quais, elle devinait les files de voitures qui avançaient à la queue leu leu, accompagnées de leurs inévitables cortèges de klaxons impatients. Toute l'agitation qui saisissait une grande agglomération aux heures de pointe lui parvenait, étouffée, jusqu'à la colline.

Elise ce jour-là était agitée d'un vague malaise. Le fait qu'elle ne puisse en déterminer la provenance exacte augmentait encore son angoisse. Elle regarda l'horloge. Dix-huit heures dix…

— Il est encore tôt... Mais tant pis.

Elle ouvrit son réfrigérateur, en sortit une bouteille de Cabernet d'Anjou et se servit un premier verre.

II

La veille au soir, en rentrant, Elise avait remarqué une porte entrebâillée sur le palier du troisième étage. Des cartons traînaient au milieu du passage et leur propriétaire ne les avait pas encore remisés à l'intérieur. Elle avait alors pensé avec regret que sa tranquillité venait de se terminer, la présence d'un voisin en dessous de chez elle ne pouvant que générer des nuisances sonores. Elle espérait du moins échapper à une famille avec enfants et chien. La superficie de l'appartement, sans doute identique au sien, ne rendait pas cette menace très réelle. Cependant, un célibataire fêtard à la vie sociale bien remplie pouvait lui causer encore davantage de torts. Elise n'aurait rien eu contre le fait de vivre complètement seule dans cet immeuble. Elle appréciait déjà d'être l'unique occupante du quatrième étage.

Ce matin-là, Elise jeta un œil en passant devant l'appartement. Un nom figurait sur la porte, écrit sur une simple étiquette de cahier : L. NORGRET. Elle entendit le bruit d'une clé dans la serrure et réalisa que l'occupant du logement s'apprêtait à sortir. Elle se précipita dans les escaliers pour éviter une rencontre inopinée avec l'inconnu. Mais il descendait vite et la rejoignit au rez-de-chaussée. L'homme d'une trentaine d'années, à l'allure dynamique et au pas léger, la salua en souriant. Gênée, Elise répondit du bout des lèvres. Heureusement, l'inconnu n'avait pas l'intention d'engager la conversation. Devant l'immeuble, il partit dans la direction opposée à la sienne.

Elise se traîna jusqu'à l'arrêt du bus, les écouteurs de son lecteur MP3 rivés aux oreilles. Son bouclier ainsi mis en place, elle pouvait affronter la cohue matinale de ses congénères condamnés comme elle au métro-boulot-dodo quotidien. Le bus, comme c'était l'usage, était bondé, sans la moindre place disponible.

Elise fit la grimace en tentant de se faufiler entre les deux rangées de sièges, tout au fond du véhicule. Les chanceux qui avaient pu dénicher une place assise lisaient tranquillement les quotidiens gratuits qu'on leur avait distribués sur la place de la Croix-Rousse. Ils ne jetaient pas un regard aux malheureux voyageurs restés debout qui se cramponnaient avec difficulté aux barres ou aux poignées tandis que le bus virait dans les rues étroites et continuait sa descente jusqu'au centre-ville. Elise se consola à l'idée qu'elle pourrait certainement s'asseoir dans le métro. Elle prenait habituellement les quotidiens avant de s'engouffrer dans la station de l'Hôtel de Ville. En règle générale, elle évitait les actualités, se précipitant sur les dernières pages des journaux afin de parcourir la rubrique culture et commencer une grille de sudoku, sans oublier le coup d'œil furtif, un peu honteux, à l'horoscope du jour.

Dans la rame, Elise s'installa sur une banquette, soufflant de justesse la place à une étudiante mal réveillée, un téléphone portable dans une main, un mug isotherme d'où se dégageait une attirante odeur de café dans l'autre. « Elle est trop jeune pour être fatiguée le matin », se dit-elle en guise de justification. Dans sa hâte, elle s'était assise sur un quotidien et le retira, irritée. Celui-ci était plié en deux et ouvert à la page « nouvelles locales ». Quelques lignes captèrent son attention : les habitants d'une villa située montée des Carmes déchaussées avaient eu la désagréable surprise, de retour d'un week-end en Camargue, de faire une macabre découverte : le corps d'une jeune femme, gisant dans l'herbe près du mur d'enceinte délimitant leur jardin. Les infortunés propriétaires, secoués par cette mésaventure, avaient déclaré ne pas connaître la malheureuse. L'autopsie programmée le lendemain permettrait de déterminer le jour et les circonstances de sa mort.

Elise fronça le nez, signe chez elle de scepticisme. Elle ne voyait vraiment pas où pouvait se situer cette villa avec jardin. Dans son souvenir, la montée des Carmes déchaussées reliant le quartier de la gare Saint-Paul à la colline de Fourvière était une succession d'escaliers abrupts, bordée de hauts murs protégeant des regards indiscrets des établissements scolaires et des congrégations religieuses. Perplexe, elle se demanda quel genre de profession il fallait exercer pour jouir du privilège de disposer d'un jardin en pleine ville. Les propriétaires n'avaient certes pas eu de chance dans cette affaire-là, mais s'ils avaient vécu en appartement, une telle mésaventure n'aurait jamais pu leur arriver. Pour se remettre de leurs émotions, ils auraient toujours le loisir de repartir au bord de la mer. Elle soupira bruyamment. Elle aussi voulait aller en Camargue.

Se sentant observée, Elise leva les yeux. La jeune femme au mug la fixait d'un air boudeur, tentant avec peine de garder son équilibre en dépit des soubresauts du métro.

Intéressée malgré elle par ce fait divers, et embarrassée d'être ainsi prise en flagrant délit de voyeurisme, Elise chercha à se débarrasser du journal en le déposant sur le siège, dans l'espace restreint entre elle-même et le passager à sa droite. Celui-ci était manifestement un cadre supérieur. Il en abordait en tout cas l'élégant costume, et les chaussures à bouts pointus, parfaitement cirées. Mais le cadre avait pris ses aises, presque appuyé sur Elise. Les coudes sur les genoux, il cliquait comme un dément sur son smartphone de luxe, hypnotisé par des blocs colorés qui allaient et venaient sur le gigantesque écran tactile. Elise se dit qu'il était idiot de posséder un téléphone de ce prix pour le plaisir de jouer à des jeux aussi rudimentaires.

Agacée, elle fourra le journal dans son sac à main, qui contenait déjà un véritable bric-à-brac. Tout son univers, qu'elle emportait partout avec elle : bouteille d'eau, médicaments et gélules diverses pour la nausée, la migraine, le stress, la fatigue, pansements, crème pour les mains, liseuse numérique, téléphone portable accompagné de son chargeur, portefeuille, clés. Elise était d'un tempérament prévoyant.

Ballottée par le mouvement de la rame, elle se sentait nauséeuse, une fois de plus. Un mal de tête la menaçait. Elle serait volontiers restée couchée, allongée dans le noir, la couette juste au-dessus de sa tête. La faute au Cabernet. Elle en avait sans doute un peu abusé. Tant pis. Elle prendrait son comprimé effervescent au bureau, ainsi qu'un peu de vitamine C pour se donner de l'énergie. La perspective d'une journée entière à supporter à la fois sa hiérarchie, ses collègues de travail et les coups de téléphone la terrassait. Elle se consola à l'idée qu'il lui restait encore un Monbazillac qu'elle n'avait pas entamé, et auquel elle ferait honneur le soir. Elle pourrait peut-être même s'offrir le luxe d'une livraison de sushis, pour se consoler d'être lundi. Elle soupira. Encore neuf heures à tenir avant de pousser de nouveau la porte de son appartement et de fermer les verrous.

***

Il était paradoxal qu'Elise, qui souffrait toute la semaine à l'idée d'aller travailler, soit aussi mal dans sa peau le jour où elle était censée profiter de sa liberté chèrement gagnée. Le dimanche représentait en effet pour elle un abîme de vide affectif et de désœuvrement dans lequel elle craignait chaque semaine de tomber.

Le supplice commençait dès le matin, lorsque ses yeux s'ouvraient. Ce dimanche-là, elle regarda comme d'habitude avec anxiété l'écran de son réveil, qui indiquait neuf heures. Elle avait connu pire. En prenant tout son temps pour le petit-déjeuner, puis la toilette, elle parviendrait aisément jusqu'à onze heures. Là, elle se lancerait sans doute dans la préparation du repas de midi, et déjeunerait tôt. Elle ne pouvait pas même nettoyer son appartement, puisqu'elle s'en était chargée la veille, avec un soin maniaque, traquant le moindre grain de poussière sur les meubles et frottant avec ténacité les traces de tartre dans la cuisine et la salle de bain.

Il lui resterait cependant tout l'après-midi à meubler, avant de pouvoir aller se coucher vers 21h30… Et, comble de malchance, le soleil brillait résolument.

Elise sentit l'angoisse monter d'un cran lorsqu'elle sortit de sa douche. Elle se regarda dans la glace fixée sur la porte de son armoire. En voyant son reflet, elle fit une moue dubitative. Elle était loin de la svelte jeune fille de vingt ans, aux proportions harmonieuses. La sédentarité excessive, à laquelle s'ajoutait ces dernières années, à sa grande honte, l'abus de boissons alcoolisées avaient empâté sa silhouette. Elle haussa les épaules. Au bout du compte, toutes ces considérations esthétiques n'avaient aucune importance.

21

Elle se força à avaler un déjeuner rapide, des tomates accompagnées de mozzarella et un verre de rosé. La préparation des repas constituait toujours pour elle une corvée.

La vaisselle lavée et rangée, elle jeta un œil à l'horloge : il était à peine treize heures. Elle prit un roman policier de Patricia Highsmith, *Le meurtrier*, tâcha de se concentrer, puis le reposa, agitée. Elle n'était pas d'humeur à lire.

— Qu'est-ce que je vais faire ? Qu'est-ce que je vais bien pouvoir faire ? marmonna-t-elle en arpentant le salon avec une impatience teintée d'une sourde anxiété.

L'angoisse qui avait commencé à la tarauder dès le début de la semaine n'avait pas cessé de croître. Elle savait bien pourquoi : aux dires de ses collègues et connaissances, le printemps avait été désastreux, froid et pluvieux. A un point tel que son chauffage avait fonctionné jusqu'à la mi-mai.

Ne partageant pas l'analyse de ces grincheux, Elise avait apprécié de pouvoir ainsi rester confortablement dans son cocon, enveloppée dans un plaid douillet, à regarder des films tout en buvant du thé bien chaud. Mais à présent, il n'y avait plus moyen d'y échapper… Non seulement le temps était au beau fixe, mais, depuis le passage à l'heure d'été, les jours étaient longs. Très longs.

Elle regarda par la fenêtre, cherchant l'inspiration. Elle ne pouvait pas rester ainsi, à tourner pendant des heures comme un lion en cage dans ses quarante mètres carrés, sans personne à qui parler, sans personne à qui téléphoner, à aller et venir du réfrigérateur au canapé toutes les demi-heures, pour retourner s'affaler, de plus en plus fatiguée, devant une série télévisée. C'était au fond ce qu'elle avait envie de faire, et ce que lui dictaient ses inclinations naturelles, mais ce jour-là elle avait trop peur de ce face-à-face avec elle-même. Le changement de climat lui imposait malgré elle la modification de ses habitudes. Une idée lui vint, si rapide qu'elle n'eut pas le temps de la repousser. La basilique était là, sur la colline d'en face, visible depuis sa fenêtre, et semblait l'appeler.

Elle ne prit pas même dix secondes pour réfléchir. Il ne fallait surtout pas laisser à son mauvais génie le temps de lui donner les arguments imparables pour ne pas sortir. Elle se précipita dans sa chambre pour s'habiller avant que le courage ne lui fît défaut, et en quelques minutes elle se jeta dehors.

III

L'éléphant renversé : c'est ainsi que Huyssmans avait surnommé au XIXème siècle la basilique de Fourvière. Si ce sobriquet agaçait Elise, qui y voyait la manifestation d'un certain snobisme parisien, il n'en était pas moins vrai que l'édifice, sorte de château fort d'un blanc immaculé, avec ses quatre tours crénelées, affichait une curieuse allure dans le paysage urbanistique lyonnais.

Quand Elise émergea ce jour-là, de la station de funiculaire qui desservait le sommet de la colline, la lumière crue du début d'après-midi et la blancheur de la basilique, plantée en face d'elle, lui firent cligner des yeux. Essoufflée, elle s'appuya un moment sur une rambarde, laissant le flot de touristes la dépasser. Elle avait perdu l'habitude. Cela faisait bientôt quinze ans qu'elle n'était pas montée jusque-là. Machinalement, elle chercha des yeux deux jeunes femmes, en jeans et sweat-shirts, aux cheveux longs et bouclés par des permanentes. Tandis qu'elle se tenait là, à quelques encablures de la grille délimitant l'enceinte de la basilique, la chapelle, l'esplanade et les boutiques de souvenirs dédiées aux colifichets catholiques, elle se souvint qu'elles avaient disparu depuis longtemps.

Elle hésita encore un instant avant de parcourir les quelques mètres qui la séparaient de l'esplanade dominant la ville. Ombragée par des rangées de marronniers, elle offrait une vue imprenable sur le centre historique et un panorama impressionnant jusqu'au massif des Alpes.

Elle alla se mêler à la foule des touristes, écouter leurs commentaires, faire comme si elle aussi découvrait cette vue pour la première fois. Le jardin du Rosaire, en contrebas, serpentait jusqu'au Vieux-Lyon, d'où émergeait la silhouette gothique de la cathédrale Saint-Jean. Scindant la forêt de toits rouges, le ruban marron vert de la Saône s'étirait paresseusement. Plus à l'est, le rectangle rose formé par l'immense place Bellecour offrait un écrin démesuré à la statue équestre de Louis XIV qui, à cette distance, paraissait minuscule. Au-delà de la presqu'île, le Rhône, à peine discernable, déroulait ses flots grondeurs en direction du confluent. Et, au nord, sa colline, la Croix-Rousse, surplombait la Presqu'île. Elle ne pouvait discerner son immeuble, caché par les frondaisons.

Des étrangers de toutes nationalités essayaient de se frayer une petite place le long de la rambarde en pierre couverte de graffitis existentiels ou de commentaires pertinents tels que « trop bien » ou « Linda + Kevin = love ». D'autres se décrochaient le cou pour tenter de déchiffrer la table d'orientation. Ces touristes avaient fort à faire avec les Lyonnais qui accompagnaient leurs familles en visite, en s'improvisant – souvent très mal – guides touristiques.

Elise, au bout de trois ou quatre commentaires bourrés d'approximations, voire même d'erreurs grossières (depuis quand ces gens étaient-ils lyonnais exactement ? Six mois ?) s'éloigna, le pas traînant, contournant l'édifice. A quoi bon rester là, parmi cette foule, si elle ne pouvait pas se mêler aux conversations ? Elle sentit la tristesse et l'angoisse affleurer de nouveau et regretta d'être venue. Dépitée, elle se demanda par quel miracle elle trouverait l'énergie et le moral pour rentrer chez elle. Et puis il était trop tôt pour cela. Non, il fallait encore tuer le temps. Ce temps qui ne voulait jamais mourir. Elle gravit deux volées de marches, passa sous la monumentale porte de bronze et pénétra dans la basilique, asile de fraîcheur par cette chaleur.

En cette période de l'année, l'édifice était envahi par les curieux. Des flashs crépitaient en tous sens, des têtes levées admiraient le plafond richement décoré et les colonnades surchargées de ce curieux monument gothico-byzantin de la fin du XIXème siècle. Pas un centimètre carré ne semblait avoir échappé à la vision de l'architecte, qui avait voulu créer un palais somptueux dédié à la Vierge. Du bois, du marbre, des mosaïques, des vitraux et de la pierre, un enchevêtrement complexe de textures, de couleurs et de formes, qui saturait l'œil. Et des anges, partout, serviteurs ailés et zélés des lieux. Elise fut agréablement surprise de redécouvrir les fresques en mosaïques dorées qui ornaient les murs. Saint Pothin arrivant à Lyon. Jeanne d'Arc délivrant Orléans… Elle s'abattit sur un banc, laissa son regard errer, s'attarder sur la voûte verte et or, les yeux dans le vague.

En seulement quelques minutes, Elise sentit l'angoisse s'alléger quelque peu. Une sensation d'engourdissement la prenait petit à petit, tandis qu'elle se laissait bercer par le bruit des pas, les murmures du public, l'odeur d'encens, et le son étouffé d'un orgue dont elle ne parvenait pas à déterminer la provenance. Elle ferma les yeux, une poignée de secondes à peine, juste ce que son cerveau toujours sur le qui-vive le lui permettait. Elle se sentait prête à descendre dans la crypte. Elle se leva, emprunta une porte, située dans l'allée latérale droite, et se retrouva dans l'escalier à double hélice menant sous la basilique.

Au pied de l'escalier, les sculptures étaient encore là, gardant l'entrée de la crypte. Elise se souvenait d'une photographie qu'elle avait prise à l'époque de ces deux anges agenouillés qui se faisaient face, dans une posture en miroir. Séparés par une immense croix, ils priaient, la tête baissée sur leurs mains jointes, leurs longues ailes frôlant le sol. Alexandra, impressionnée par cette curieuse composition, l'avait admirée un long moment, saisie, alors qu'Elise, toujours rationnelle, était restée de marbre. Prise d'une impulsion, elle avait cependant fixé sur pellicule ces anges qui plaisaient tant à son amie, le jour où, une fois n'était pas coutume, elle avait amené un appareil jetable. La photographie se trouvait encore certainement dans une boîte à chaussures, chez elle. Mais elle ne possédait aucun cliché d'elles ensemble prises pendant ces radieuses journées de printemps.

Elle descendit quelques marches et s'assit sur un banc, près d'une colonne massive. La température devait bien être inférieure de quatre ou cinq degrés à celle de la basilique. Dans cet espace immense, la décoration était plus sobre, l'obscurité plus profonde. Pas de dorures omniprésentes, mais un plafond simplement peint en jaune et des murs presque nus. L'atmosphère était davantage recueillie, les visiteurs qui en franchissaient le seuil étant rares.

Elles avaient passé plus de temps dans la crypte qu'ailleurs, lors de leurs après-midi ensemble. Elles riaient sous cape et fredonnaient, conscientes de commettre un blasphème mais s'en moquant, des paroles appropriées d'une chanson de leur groupe anglais adoré, Depeche Mode. *Sacred.* Sacré. Elles n'auraient pu choisir un meilleur décor pour l'illustrer.

Ainsi éloignées du monde, elles s'étaient senties insouciantes et invincibles. Dans la crypte, Ils avaient été là, avec elles, tellement présents dans leurs pensées et leurs cœurs qu'il leur semblait alors qu'ils auraient aisément pu se matérialiser, sur place, les laissant abasourdies par ce miracle. Les membres du groupe. Leurs idoles païennes. Leurs dieux.

Elle sursauta, tirée de sa rêverie. Dans la pénombre, sur sa gauche, près de la chapelle dédiée à Notre-Dame de Fatima, se tenait un homme à la silhouette élancée, vêtu d'un costume sombre. Il devait être arrivé avant elle, mais s'était comporté de manière si discrète qu'elle ne l'avait pas remarqué jusqu'alors. De l'endroit où elle se trouvait, elle ne pouvait distinguer clairement ses traits. Il alluma d'un geste lent un cierge et la lueur de celui-ci éclaira son profil. Elise retint son souffle. Hypnotisée, elle ne parvenait pas à détacher son regard de lui. Le temps parut suspendu tandis qu'il demeurait là, recueilli, à fixer la flamme, les mains jointes.

Enfin, l'inconnu bougea. Au lieu de se diriger directement vers la sortie principale, trouée de lumière dans l'obscurité, il contourna une colonne, faisant un curieux détour pour emprunter la travée centrale et passer devant la rangée de bancs où Elise était assise. Il marchait d'un pas rapide, les mains devant lui comme s'il était encore en prière, la tête baissée. A son approche, elle s'était recroquevillée sur son banc, le cœur battant. Au dernier moment, elle ne put s'empêcher de redresser la tête dans sa direction. Il leva les yeux quelques secondes seulement et son regard croisa celui d'Elise. Un regard bleu foncé, intense et dur. Elle se sentit traversée, foudroyée par ce bref contact. Interdite, elle resta immobile un instant de trop. Lorsqu'elle se tourna pour suivre l'inconnu des yeux, celui-ci s'était déjà engouffré dans l'escalier à pente raide qui menait sur le parvis et avait disparu dans la clarté.

IV

Les nuits d'Elise n'avaient jamais été sereines. A l'exception d'un rêve merveilleux de son enfance, durant lequel elle avait découvert, émerveillée, une cachette secrète dans un tronc d'arbre la menant à un sous-sol rempli de tous les jouets qu'elle ne pouvait avoir, son cerveau en phase de sommeil paradoxal ne lui réservait que des expériences quotidiennes, banales, voire tout à fait désagréables.

Elle devait sans cesse prendre le métro ou le train et ratait la correspondance ; elle se retrouvait dans l'obligation d'utiliser des toilettes publiques, toujours infâmes ; elle déménageait dans des lieux improbables. Et son cauchemar le plus fréquent la catapultait systématiquement dans un nouvel emploi de bureau, entourée d'étrangers. Ces inconnus la conduisaient dans un vaste open space et lui indiquaient son minuscule poste de travail, attendant d'elle qu'elle s'attaquât à une pile de dossiers monstrueusement haute sans lui fournir la moindre explication. Elise, angoissée, perdue, cherchait à chaque fois à s'enfuir, sans succès. Elle émergeait toujours de ces rêves épuisée et accablée de ne pas comprendre pourquoi tous ces gens la persécutaient.

Pourtant, la nuit qui suivit sa visite à la basilique, elle vécut pour la première fois une expérience différente.

Le rêve débuta dans une immense salle obscure. Elise ne savait pas où elle se trouvait, ni comment elle était arrivée là. Tandis que ses yeux s'habituaient petit à petit à l'obscurité, elle réalisa que la pièce n'était pas vide, comme elle l'avait cru au premier d'abord. Aux murs étaient accrochés des tableaux qui lui paraissaient familiers. Certains représentaient des scènes de cauchemars dans des décors irréels, emplies de créatures difformes. En s'approchant, elle reconnut le style du peintre néerlandais Jérôme Bosch. La pièce était encombrée de divers objets évoquant un atelier d'artiste : une dizaine de chevalets, recouverts de draps ; une sorte d'établi sur lequel se trouvaient des outils de sculpteur, des blocs de marbre... Elle percevait également une clarté étrange, floue, diffuse. D'où provenait-elle ? Il n'y avait pas d'éclairage direct. Pourtant, tout au bout de la salle, dans le lointain, il lui semblait discerner un encadrement de porte.

Elle avança en tâtonnant, le cœur battant, la poitrine oppressée. La lueur émanait de cette direction. D'un long couloir, dans lequel elle craignait de pénétrer. Elle pensa avec effroi et dégoût qu'elle risquait de tomber sur des souris, qu'une de ces bestioles dont elle avait horreur allait se faufiler entre ses jambes, ou pire, lui grimper dessus. Elle s'y engagea néanmoins, poussée par la curiosité. Elle devait avancer dans cette nuit et découvrir les autres pièces, dont elle devinait l'existence par elle ne savait quelle intuition.

Elle progressa avec lenteur dans le corridor, guidée par la lueur vacillante. De chaque côté du couloir, d'autres ouvertures, d'autres pièces obscures. En dépit de sa frayeur, elle sentait qu'elle devait continuer. Elle tourna d'abord à gauche, puis à droite, en hésitant toujours. Au bout d'une centaine de mètres, elle parvint jusqu'à une salle apparemment gigantesque, dont il lui fut impossible de distinguer les contours. Mais la source de lumière se trouvait là : une rangée de candélabres en fer forgé, usés par la rouille. La plupart des bougies qu'ils soutenaient étaient éteintes, mais la lumière des rescapées avait suffi à la guider jusqu'à cet endroit. Tandis qu'elle s'approchait, intriguée, les bougies s'éteignirent tout à coup, comme soufflées par une bourrasque invisible.

Dans l'obscurité totale, près d'elle, une voix se fit entendre. Une voix inconnue, dont elle ne pouvait dire si elle était féminine ou masculine, qui la fit sursauter :

— Il faut que tu ouvres les yeux.

La surprise, plus que la peur, la réveilla. Il lui fallut quelques instants pour se souvenir qu'elle était dans sa chambre. N'osant pas soulever les paupières, elle se cramponna au rebord de son lit pour ne pas tomber. Après quelques instants, la sensation de vertige s'estompa. Le cœur battant, elle se leva avec lenteur, se prépara un lait chaud. Elle le but à la table de son salon, emmitouflée dans un châle, encore étourdie. Il lui fallut une demi-heure pour retrouver ses esprits et se convaincre de retourner dormir. En posant la tête sur l'oreiller, elle put se faire la réflexion que, pour une fois, elle n'avait pas été obligée de prendre le métro en pleine nuit.

Le lendemain matin, elle se réveilla comme chaque jour de la semaine dans la douleur. Lundi. Le bruit du réveil lui vrillait les tympans, l'agressait, lui donnait la sensation sans cesse répétée qu'elle naissait au monde pour la première fois, et qu'elle devrait affronter son froid et sa dureté, même si elle ne possédait pas les armes adéquates pour ce combat. Elle laissait systématiquement la touche « snooze » activée pour se permettre d'émerger du sommeil. Ainsi, toutes les cinq minutes, le réveil émettait de nouveau son insupportable tapage. A chaque sonnerie, elle se sentait un peu plus résignée, comme un prisonnier dans le couloir de la mort qui à chaque pas voit s'approcher la porte qui le mènera à l'injection létale. Puis elle répétait, comme chaque matin, son mantra inutile :

— Il le faut, il LE faut… Il le FAUT !

Au bord des larmes, elle finit par faire ce qu'exigeaient d'elle à la fois son réveil et la société toute entière. Elle repoussa violemment les draps et se leva. Puis, elle prit sans appétit son petit-déjeuner, se prépara pour sortir travailler. Elle allait prouver sa valeur en tant qu'être humain, en agissant comme un membre fonctionnel de sa communauté. « Pourquoi un être humain devrait-il être fonctionnel, se demandait-elle en permanence avec humeur, est-on comme un marteau-piqueur, une pioche ou un ordinateur ? En quoi notre valeur dépend-elle de ce que nous faisons ? Quelle place pour les plus fragiles, les plus faibles, ceux qui ne sont pas productifs au regard des critères insensés de la société ? Quelle place pour moi ? »

Au bout du compte, comme chaque jour, elle n'avait pas la réponse à ce lancinant questionnement. Elle finissait toujours par la bonne vieille ruse, qui consistait à se persuader qu'en attendant de répondre à ces questions existentielles, le travail aurait au moins l'utilité de lui procurer le salaire servant à payer sa nourriture et son toit. A défaut de mieux, cette raison, comme pour tant d'autres matins, devrait suffire.

Sur le trajet du travail, elle repensa à son rêve de la nuit précédente. Les images et les sensations qu'il avait fait naître en elle n'avaient pas disparu. Bercée par le métro, enveloppée d'une douce torpeur, elle regrettait de n'avoir pas eu le temps d'explorer davantage ce monde onirique dans lequel il n'y avait aucun dossier à traiter.

Et puis, à bien y repenser, la journée de dimanche s'était achevée de façon singulière. Ayant eu à la fois l'envie et l'énergie pour rentrer chez elle à pied, elle avait éprouvé une sensation inhabituelle de légèreté, tandis qu'elle avait emprunté les escaliers de la montée Nicolas de Lange. Elle était descendue en fredonnant, une odeur agréable d'arbres en fleurs dans les narines, la musique dans ses écouteurs, le regard de l'homme de la crypte encore fixé sur sa rétine. Pourquoi ce sentiment qu'il lui était vaguement familier ? Son cœur s'était mis à battre plus fort à cette idée. Mais elle eut beau chercher, il n'évoquait rien en elle.

Elle avait ensuite poursuivi son chemin par la montée des Carmes déchaussées, et avait eu alors une pensée fugitive pour la femme retrouvée assassinée dans les environs. En continuant la descente vers Saint-Paul, elle n'était cependant pas parvenue à localiser cette mystérieuse villa avec jardin. Puis, de retour dans son quartier, essoufflée après cette longue marche, elle avait croisé, non pas Cathy comme elle s'y attendait, mais le trentenaire du troisième étage au nom curieux. Il était parvenu à garer sa petite voiture à proximité de l'immeuble, ce qui constituait un exploit sur les pentes de la Croix-Rousse. Fermant son coffre d'une main, il portait dans l'autre un carton qui paraissait assez lourd.

Comme ils étaient arrivés ensemble au pied de l'immeuble, et tandis qu'Elise lui avait tenu la porte, il avait engagé la conversation :

— Excusez-moi, je n'ai pas trop fait de bruit aujourd'hui ? J'ai encore quelques travaux à effectuer et des meubles à monter, mais je finirai samedi prochain.

Elise avait rougi. Elle s'était demandé ce qu'il lui voulait. En bon voisin, il aurait dû feindre l'indifférence et se contenter d'un bonjour bref. Qui a besoin de plus ? Elle avait bafouillé qu'elle n'avait rien entendu puisqu'elle s'était absentée une partie de la journée. Ils avaient entamé la montée, elle en tête, lui plus doucement, encombré par son carton volumineux.

Le trentenaire était plutôt agréable : un visage poupin, sans trait marquant, éclairé par un sourire chaleureux aux dents bien alignées. La seule caractéristique un peu spectaculaire de sa personne était une tignasse châtain clair, aux boucles emmêlées mais soyeuses. Elise avait toujours considéré qu'une belle chevelure chez un homme était un gaspillage de la nature, et en voulait à toute personne qui n'avait pas, comme elle, été dotée à la naissance de cheveux fins, plats et raides.

Au troisième étage, elle s'était sentie obligée de se retourner et de souhaiter une bonne soirée à son voisin avant de poursuivre la montée jusqu'à son appartement.

Il avait posé son carton, toujours souriant, et lui avait tendu la main en lui disant :

— Bonne soirée à vous aussi. Je m'appelle Liam, au fait.

Elise avait bredouillé son prénom et aussitôt tourné les talons.

Oui, à bien y réfléchir, les événements du dernier après-midi avaient provoqué ce rêve baroque.

Elle n'adhérait pas aux théories freudiennes sur les rêves, sur la distinction entre le contenu manifeste et le contenu latent, traduction d'un désir refoulé. Elle pensait plus prosaïquement que le cerveau traitait pendant la nuit les situations vécues durant la journée. En l'occurrence, nul besoin d'avoir suivi une cure psychanalytique pendant vingt ans pour déduire que l'obscurité et les bougies présentes dans ce songe avaient été induites par la visite dans la crypte. Les tableaux représentaient son amour de la peinture, flamande en particulier. La voix inconnue, seule, demeurait inexpliquée, telle une menace suspendue. *Il faut que tu ouvres les yeux.*

La semaine s'écoula, plus agréable qu'elle ne l'avait espéré. La chaleur excessive, arrivée trop tôt, avait laissé la place à la douceur. Le printemps était enfin là, et la légèreté de l'air lui semblait contagieuse. Par instants, elle se sentait jeune, pimpante, presque insouciante. A d'autres moments au contraire, elle était parcourue de frissons, accablée d'une curieuse langueur. Elle voyait encore passer devant ses yeux, lueur fugitive, le regard de l'homme.

En sortant du travail, elle prenait le temps de rentrer à pied, portant sur le bras son trench-coat qu'elle n'avait pas décidé de remiser dans la penderie. Elle avait cependant ressorti des placards de vieilles jupes de coton léger, un peu évasées et des petites ballerines à brides. L'air tiède était agréable et la ville lui semblait plus douce.

Mais le soir, chez elle, elle tournait en rond, en proie à une agitation anormale. Le parfum tiède des arbres en fleurs l'attirait. Elle voulait ressortir, profiter de l'extérieur et de la douceur de la saison, flâner sur les quais de Saône et regarder le soleil se coucher derrière la colline. Mais elle n'avait nulle part où aller et personne avec qui prendre un verre ou partager un dîner. Elle demeurait par conséquent enfermée, assise dans l'embrasure de la fenêtre ouverte, un pied se balançant dans le vide, pleine d'espoirs et de désirs qu'elle n'arrivait pas à définir. Au milieu de ses rêveries surgissait parfois un visage pâle, encadré de cheveux noirs. L'inconnu. Elle décida de l'appeler Alan. Ce nom lui allait bien.

L'envie la prit comme un picotement, qui devint de plus en plus pressant au fil des jours. *N'ouvre pas la boîte de Pandore*, lui disait la voix. *Ne l'ouvre pas.* Elle lutta trois soirs et le jeudi, alla dans sa chambre ouvrir le carton qui prenait la poussière au fond de son placard depuis son emménagement.

Elle déchira avec ses ongles le scotch marron qui l'entourait et l'ouvrit, la gorge serrée.

Dans ce carton, elle avait accumulé une série de souvenirs de jeunesse : des lettres d'Alex, des dessins, quelques photographies, un vieux journal intime. Elle évita de regarder ces objets et porta son attention sur ses collections de CD qui avaient été ses compagnons du quotidien lorsqu'elle était plus jeune. Elle avait pleuré, chanté, rêvé, en les écoutant. Pour la plupart, il s'agissait de musique anglo-saxonne des années quatre-vingt et quatre-vingt-dix : albums de Depeche Mode, de U2, de Simple Minds, compilations diverses et variées de pop music et de rock.

Tandis qu'elle les examinait, redécouvrant des titres qu'elle avait oubliés, des scènes surgissaient, par bribes. Cet air entraînant qu'elle aimait tellement qu'elle sautait sur son lit comme sur un trampoline durant toute la durée du morceau, cassant les ressorts du sommier. Ce titre sombre, qu'elle écoutait volets clos, recueillie, les yeux fixés sur le plafond. Cette chanson adorée qu'elle passait sans arrêt dans son vieux lecteur de cassettes quand elle se rendait au lycée, rembobinant encore et encore le morceau jusqu'à user les piles de l'appareil en quelques heures…Oui, elle avait été jeune un jour. Puérile, immature. Et idiote, fantasmant sa vie au lieu de tenter de vivre ses rêves. Les conséquences avaient été désastreuses.

Réalisant subitement ce qu'elle était en train de faire, elle referma le carton d'un geste brusque et le poussa sous son lit.

Elle se dirigea ensuite vers la bibliothèque et laissa courir ses doigts sur le dos des volumes, cherchant un ouvrage. Une anthologie de poèmes romantiques, cadeau d'Alex, qui lui avait offert à plusieurs reprises de la poésie, dans le but, disait-elle en riant, de parfaire sa culture générale. Le livre s'ouvrit tout seul à la page qu'elle désirait. Louise Ackermann. *Le fantôme :*

D'un souffle printanier l'air tout à coup s'embaume.
Dans notre obscur lointain un spectre s'est dressé,
Et nous reconnaissons notre propre fantôme
Dans cette ombre qui sort des brumes du passé.

Elle soupira et s'approcha des fenêtres. Elle scruta longtemps le ciel, attendant la venue de la nuit et l'apparition de l'étoile Polaire. Elle laissa la pénombre envahir l'appartement, puis baissa les stores et alla dormir.

V

Un dimanche matin par mois, Elise se rendait au cimetière de Loyasse, sur la tombe de ses parents. C'était un rituel qu'elle avait instauré des années auparavant. Elle y allait par habitude, et non pour se recueillir.

Ce jour-là, elle partit tout de suite après le petit-déjeuner, car elle avait prévu de faire autre chose de sa journée. Elle s'affaira, comme à l'accoutumée, pour enlever les feuilles mortes, essuyer la tombe souillée de terre, et remplacer le bouquet de fleurs fanées par un nouveau, qu'elle avait acheté sur le trajet. Elle ne resta pas plus de dix minutes.

Sortie du cimetière, elle emprunta le chemin du viaduc, une ancienne voie de chemin de fer transformée en jardin belvédère menant jusqu'au site de la basilique. Tandis qu'elle marchait tranquillement, respirant l'air printanier à pleins poumons, elle pouvait voir au loin sur la colline de la Croix-Rousse un petit quadrilatère rose : son immeuble. Depuis ce site, la vue sur Lyon était inhabituelle et spectaculaire. Impatiente, un curieux sentiment d'excitation qui lui gonflait la poitrine, elle avait su depuis une semaine qu'elle ne pourrait que retourner à Fourvière. Aller dans la crypte. Revoir l'inconnu qu'elle n'avait pu se sortir de l'esprit. Alan.

Elle avait préparé de bon matin un sandwich qu'elle mangerait à l'abri du pèlerin, une salle équipée de longues tables et de bancs, où les visiteurs avaient la possibilité d'acheter des en-cas ou de consommer leurs propres provisions. Avant de se poser, elle fit un repérage rapide du site. Rien à signaler dans la basilique, ni dans la crypte.

Elle retourna s'installer sur un banc, à l'abri de la chaleur, à l'extrémité d'une table vide pouvant accueillir une vingtaine de personnes. Le lieu était encore peu fréquenté, il était tôt pour le déjeuner de midi. Une femme d'une cinquantaine d'années, aux cheveux gris et courts, à l'allure de randonneuse ou de pèlerin, s'était entre-temps assise à une table en face de celle d'Elise. Elle tournait curieusement le dos à l'immense baie vitrée, et semblait concentrée sur un petit carnet dans lequel elle écrivait, un sourire rêveur aux lèvres. « Elle avait l'air heureuse, pensa Elise dépitée, peut-être que quelqu'un allait la rejoindre tout à l'heure. »

Elle mâchonna sans appétit son sandwich au jambon, cherchant du regard quelque chose pour la distraire. Comme elle regrettait de n'avoir pas emporté avec elle ses grilles de sudoku, elle avisa la touriste quinquagénaire qui se levait en laissant sur son banc un exemplaire du Progrès. En partie déchiqueté, il semblait dater de quelques jours.

— Je peux ? lui demanda Elise, désignant le journal.

La femme parut surprise et lui fit un signe de tête avant de charger son sac de randonnée sur le dos et de quitter la salle d'un bon pas. Elise attrapa le Progrès, se rassit à sa place, et commença à le feuilleter lentement. Elle tomba en arrêt devant un article de la rubrique « faits divers ». Il revenait sur l'affaire de l'inconnue du jardin :

L'identité de la jeune femme retrouvée dans un jardin privé la semaine dernière a pu être établie rapidement car son sac à main contenant tous ses effets personnels a été retrouvé à proximité du corps, intact. L'autopsie a pu déterminer que le décès s'est produit durant le week-end précédant sa découverte, vraisemblablement dans la nuit du samedi au dimanche. Ces conclusions confirment la version des propriétaires de la villa, un couple de médecins à la retraite, parti samedi en début de matinée pour le sud de la France et revenu lundi matin. La mort a été causée par un coup dans le cœur d'un instrument pointu à lame large, sans doute un couteau à viande. Bien que la victime ait présenté des signes de lutte sur les avant-bras, des examens plus approfondis ont révélé qu'elle n'avait subi aucun sévice de nature sexuelle.

D'après les premières investigations, la jeune femme aurait vraisemblablement été tuée à l'extérieur de l'enceinte, sur le chemin de Montauban, où des traces de sang ont été retrouvées. Son corps aurait ensuite été hissé par-dessus le muret et jeté dans le jardin, sans doute pour retarder sa découverte et laisser le temps à son agresseur de s'enfuir. Les mobiles sexuels et crapuleux étant écartés, les enquêteurs s'intéressent désormais à la personnalité de la victime.

Laetitia Dumas, âgée de vingt-sept ans, était coiffeuse. Originaire de Bourg-en-Bresse, elle s'était installée à Lyon depuis deux ans et semblait mener une vie quelque peu agitée, aux dires de ses amies lyonnaises. Elle sortait beaucoup, et souvent avec des hommes différents. En dépit de ce style de vie, elle était sérieuse au travail et appréciée par son entourage pour sa bonne humeur et son dynamisme. « Elle n'avait peur de rien » affirme une de ses collègues et amies, qui a précisément passé la soirée avec elle, quelques heures avant le meurtre. Les deux jeunes femmes ont assisté à un spectacle comique dans l'un des cafés-théâtres du Vieux Lyon. Habitant le neuvième arrondissement, Laetitia avait pour habitude de rentrer chez elle à pied montée de l'Observance, en passant par la montée des Carmes déchaussées et le chemin de Montauban. Vers vingt-trois heures trente, les deux amies se sont séparées en se souhaitant un bon dimanche et en se donnant rendez-vous le mardi suivant, le salon de coiffure étant fermé tous les lundis.

Soudain, un vacarme se fit entendre près de la porte d'entrée. Deux couples de quadragénaires, chargés de sacs à dos, s'étaient introduits dans l'abri. Absorbés par leur conversation, ils ne prêtèrent pas attention aux regards noirs qu'Elise leur lança. A son grand désarroi, ils s'installèrent à l'extrémité de sa table, sortirent de leurs sacs un attirail de boîtes en plastique, de bouteilles et de paquets de chips qu'ils étalèrent sans façon.

La bande de joyeux lurons parlait apparemment l'italien. Elise l'avait étudié au lycée et reconnut plusieurs mots parmi les rires et les exclamations : basilica, bella città... Elle était toujours fière et flattée quand les étrangers admiraient sa ville. Mais, recherchant le calme et le silence, elle aurait souhaité les entendre exprimer leur enthousiasme de manière plus modérée.

Elles étaient venues toutes les deux si souvent, Alex et elle. Elles s'étaient assises sur ces bancs, l'une à côté de l'autre, pour profiter de la vue offerte sur le panorama lyonnais par la baie vitrée.

Elles plaisantaient toujours, se parlant souvent en anglais, comme si personne ne pouvait les comprendre. Elles émaillaient leurs conversations d'extraits de paroles de chansons, essayant de trouver des citations appropriées à la situation. Un jour où Alex, affamée, avait mordu à pleines dents dans son sandwich, Elise lui avait glissé à l'oreille des paroles de sa chanson de Depeche Mode préférée, *Sister of night*.

Alex avait failli s'étrangler de rire, tellement cette chanson mélancolique et la sorte de « faim » qu'elle suggérait était en complet décalage avec le concept même de sandwich au poulet.

Alex. Alexandra, enthousiaste et solaire, qui projetait dans son sillage autant d'ombres profondes que de lumière alors qu'Elise n'était qu'émotions tièdes et demi-teintes. Elle avait voulu lui ressembler, tout en s'offusquant souvent de la manière dont son amie se conduisait. Elise avait rapidement deviné qu'Alex trichait, qu'elle faisait semblant. Elle agissait comme si elle aimait les gens, comme si leur bien-être et leurs existences avaient de l'importance, se faisant passer pour une habitante normale et équilibrée d'un monde auquel elle n'appartenait pas. Elise quant à elle était bien incapable de se conformer, de se camoufler. Elle éprouvait une sorte de satisfaction amère à se conduire comme un porc-épic, revêche quand on la mettait au pied du mur ou fuyante le reste du temps.

En dépit de ces différences, elles étaient devenues amies dès que leurs regards s'étaient croisés à la faculté de Lettres modernes. Elles avaient assisté pour la première fois au même TD, en début d'année. La salle s'était remplie rapidement et Elise s'était déjà trouvé une place, bien à l'abri, le plus loin possible du professeur, lorsqu'elle vit l'inconnue qui semblait hésiter, un peu perdue au milieu de la cohue. Elise lui avait souri, lui montrant à côté d'elle une place disponible. L'inconnue avait joué des coudes et s'était assise, en la remerciant d'un sourire chaleureux. Elise s'était tout de suite sentie à l'aise et apaisée. Ainsi, il n'était pas si difficile de créer un lien. « Un coup de foudre amical », songeait Elise, qui ne comprenait pas comment la chose avait pu se produire, à moins d'adhérer aux théories mystiques d'Alex sur le destin et les chemins qui étaient amenés à se croiser, dans le vaste schéma de l'univers.

Elise, en bonne cartésienne, n'y croyait pas. Mais elle imaginait que, d'une façon ou d'une autre, leurs deux névroses s'étaient reconnues et connectées. La science serait peut-être un jour à même de l'expliquer.

Après les cours, elles étaient rentrées par le même bus. L'inconnue s'appelait Alexandra. Elles avaient discuté de tout et de rien, comme si elles s'étaient toujours connues, pas même étonnées de se découvrir des goûts similaires. Alex était descendue avant elle pour prendre une correspondance. Elise, laissée seule, avait été envahie d'une certitude : sa quête était terminée, enfin. Elle venait de trouver sa meilleure amie.

Après son déjeuner frugal, Elise retourna à son poste d'observation. Quand elle pénétra dans la crypte, elle fut une fois de plus frappée par son volume, sa profondeur, son calme. Elle s'assit à la même place qu'à sa dernière visite.

Elle savait que cela ne se faisait pas dans un lieu de culte, mais elle décida de passer outre : elle plaça discrètement ses écouteurs sur les oreilles, pour passer le temps et s'imprégner plus encore de l'atmosphère particulière qui régnait dans la crypte. Elle ignorait combien d'heures elle devrait attendre, ni comment elle réagirait si Alan revenait. Peu importait, car elle se sentait bien, dans la pénombre et la fraîcheur. Quelques rares touristes passaient, restaient quelques instants, déçus peut-être par la simplicité des lieux, puis repartaient.

Elise, bercée par la musique, les yeux dans le vide, se sentait vidée petit à petit de ses forces. Le temps semblait suspendu, tandis qu'elle contemplait sans les voir vraiment les blocs de pierre brute nichés au-dessus de certains chapiteaux.

Des ébauches d'anges, sculptures inachevées qui n'avaient jamais vu le jour faute de moyens financiers. Comme un leitmotiv, un air entêtant revenait encore et encore : je ne cherche pas l'absolution / Ni le pardon pour ce que j'ai fait / Mais avant d'en tirer de quelconques conclusions / Essayez de vous mettre à ma place.

Sortie de sa torpeur, elle s'aperçut que ses yeux étaient humides. Elle bougea un peu sur son banc, grimaça, car elle avait le dos endolori, et regarda sa montre. Cinq heures quinze. Elle attendait depuis plus de quatre heures. Son sang circulant toujours aussi mal, elle était glacée et, sous l'effet de l'humidité, ses doigts étaient devenus violets. Elle ne pouvait plus rester. Alan ne viendrait pas et d'ailleurs cela n'avait plus d'importance. Les membres engourdis, elle remonta sur le parvis, grimpant avec peine l'escalier pentu de la crypte. Cette fois, ses pas ne la porteraient pas jusque chez elle. Elle prit le funiculaire.

VI

C'était officiel : le printemps avait vécu. Il avait résisté une semaine à l'arrivée de la canicule. Une chaleur accablante s'était installée et n'était pas prête à lever le camp. Ce lundi-là, les bulletins météorologiques annonçaient trente degrés. Trente-cinq degrés étaient prévus pour le milieu de la semaine. Elise regrettait les mois humides et sombres, même si elle avait apprécié l'agréable intermède qu'avaient constitué ces huit jours de douceur printanière.

Elle débuta la semaine fatiguée et peu enthousiaste, sachant qu'elle ne pourrait pas profiter de la climatisation sur son lieu de travail. La journée au bureau se traîna en longueur, dans une atmosphère étouffante. Elise fut d'humeur maussade. Toute l'insouciance et la joie sans cause des jours précédents s'étaient envolées.

Dix journées entières de travail la séparaient encore de ses vacances. Elle éprouvait une sourde appréhension à la perspective de cette longue plage de trois semaines solitaires qui se déroulerait devant elle, mais elle avait néanmoins décidé d'être constructive. Elle s'était fixé deux objectifs : reprendre le travail en étant plus cultivée (elle avait repéré deux expositions susceptibles de l'intéresser) et plus mince. Quelques kilos en moins ne seraient pas du luxe. Elle joindrait l'utile à l'agréable en jouant la touriste dans sa propre ville, prenant des photos et retournant visiter les monuments dans lesquels elle n'avait pas mis les pieds depuis des années. La marche la remettrait en forme, et prendre l'air serait plus bénéfique à son moral que demeurer affalée sur son canapé.

En début de soirée, Cathy s'invita chez Elise alors que cette dernière venait de se servir un verre. Vêtue d'une robe bleue à volants qui changeait de ses tenues de camouflage habituelles, elle était radieuse. Elise l'accueillit sans grand enthousiasme. Elle se sentait fatiguée et avait passé une mauvaise journée. Deux très bonnes raisons pour rester seule. Elle se força néanmoins à entamer la conversation :

— Alors, ça y est, déjà de retour dans la fournaise ? Et tes parents ?

Cathy se campa dos au ventilateur, leva les bras pour profiter de l'air tiède que brassait l'appareil et répondit avec un grand sourire :

— Non, ils restent à la campagne tout l'été. Je m'ennuyais trop alors je suis revenue quelques jours, me faire un ciné, peut-être un musée aussi. Et j'y retourne samedi prochain, c'est plus dur pour moi d'être seule le week-end. Et puis, là-bas, il fait quand même plus frais. C'est irrespirable ici.

Elise lui tendit un verre de soda, avec deux glaçons. Elle connaissait ses goûts. Cathy s'approcha de la fenêtre ouverte, sa boisson à la main.

— Tu n'as pas baissé les stores ? Tu fais rentrer toute la chaleur !

— Je fais aussi rentrer l'air. Et je ne supporte pas d'être dans l'obscurité à cette heure-ci de la journée.

Cathy fit la moue.

— Tu verras, dans quelques jours tu t'y mettras. On gagne deux ou trois degrés en laissant tout fermé, mine de rien.

Elle but une longue gorgée de soda glacé, en faisant tinter les glaçons, et soupira d'aise. Puis, elle balaya distraitement la pièce du regard, et ses yeux s'arrêtèrent sur le seul objet de décoration qu'elle comportait : une reproduction encadrée d'un tableau de Brueghel, sur le mur blanc au-dessus du canapé.

— Il est joli, ce tableau. Comment il s'appelle, déjà ?

— La Tour de Babel. C'est de Pieter Brueghel l'Ancien ; un peintre flamand du XVIème siècle.

— Tu t'y connais drôlement, en peinture, fit Cathy, pensive. Pas comme moi, je suis complètement inculte dans ce domaine. Mais c'est vrai que c'est ta passion, non ?

Elise hocha la tête. Elle avait bu, trop vite, son rosé pamplemousse et la tête lui tournait.

— Et comment ça se fait que tu ne travailles pas dans le domaine de l'art, alors ? Tu as fait les Beaux-arts ?

Elise se renfrogna, elle n'aimait pas parler de ce sujet sensible. Et elle trouvait l'attitude de Cathy étrange, elle tournait autour du pot, ce qui n'était pas dans ses habitudes.

— Non, je n'ai pas fait les Beaux-arts. D'ailleurs je n'ai pas de diplôme de l'enseignement supérieur. Je me suis arrêtée en cours de route.

Sentant Elise contrariée, Cathy changea de sujet. Elle vint s'asseoir face à son amie, à la table de la cuisine, arborant un air taquin :

— Bon, alors, qu'est-ce que tu penses du nouveau voisin ? Tu l'as déjà croisé ?

Ainsi, c'était de cela que Cathy était venue parler. Le voisin.

Elise hésita avant de lui répondre avec précaution :

— Oui, je l'ai vu deux fois. Il a l'air sympathique, il a essayé d'engager la conversation avec moi. Mais franchement, je n'avais rien à dire.

Cathy sourit :

— Toujours sur la réserve ? C'est bien d'avoir de bonnes relations avec son voisinage. Ça peut toujours servir.

En voyant Elise faire la moue, elle ajouta, pour plaisanter :

— Imagine que tu te retrouves enfermée dehors et que tu doives téléphoner, ou bien que tu sois malade et que tu aies besoin de quelqu'un pour aller te chercher des médicaments...

Elise haussa les épaules.

— Cela m'étonnerait qu'un voisin me rende ce type de service. Et, à choisir, je préfère qu'on me laisse tranquille.

Cathy s'arrêta de boire. Elle posa lentement son verre, le regard fixé sur la table et prit une inspiration. Puis, elle leva les yeux vers la pendule :

— Bon, c'est l'heure du dîner. Je vais y aller. Merci pour la boisson.

Elle regarda Elise, fit un petit sourire et se leva. Comme elle s'approchait de la porte et s'apprêtait à l'ouvrir, Elise lui lança :

— Tout va bien ?

Cathy avait ouvert la porte. Elle répondit, sans se retourner :

— Oui, je vais bien, Elise. Je vais parfaitement bien. La porte se referma.

Restée seule, Elise se dirigea tout droit vers le lit, tira avec peine le carton coincé en dessous et l'ouvrit. Elle n'était pas certaine qu'une incursion dans le passé fût très judicieuse. Mais était-ce l'emménagement dans cet appartement quelques mois auparavant, la vue sur la ville, la proximité de Fourvière, cette période de l'année toujours pénible pour elle, ou tous ces facteurs conjugués ? Elle éprouvait la sensation déroutante que quelqu'un frappait à sa porte avec insistance, sans qu'elle eût la possibilité de reculer. Après cette mauvaise journée, elle avait besoin ce soir-là de voir apparaître des images du passé, du temps de l'Elise d'autrefois, pour s'assurer qu'elle était toujours présente en elle, au moins en partie, en dépit de ses efforts pour la faire disparaître. Et par-dessus tout, elle voulait oublier Alan.

— Qu'il aille au diable, dit-elle à voix haute. Je me fous de ce type.

Elle réussit à repêcher dans le fouillis, parmi les vieilles enveloppes contenant les lettres d'Alex et les carnets de dessins, deux albums de Depeche Mode, qui avait été pendant plus de dix ans son groupe préféré et qu'elle avait cessé d'écouter pour préserver sa santé mentale, à une période de sa vie où cette précaution était absolument indispensable. Elle ajouta à sa sélection des CD d'autres artistes, pour faire bonne mesure. Il ne lui fallut qu'une quinzaine de minutes pour allumer son ordinateur, extraire les chansons choisies à partir des CD et les transférer sur son lecteur MP3. Elle était ainsi équipée, parée pour un voyage dans le temps, un voyage immobile. Le monde pouvait bien s'écrouler. Après tout, elle était certainement plus forte qu'elle ne le croyait. Du moins le pensa-t-elle sur le moment.

La nuit suivante, Elise se retrouva dans un corridor obscur. Elle courait, le pas aérien, comme soulevée, propulsée par une puissance magique, prise par la sensation grisante de n'être pas vraiment elle-même. Ce ne pouvait pas lui appartenir, cette chevelure longue et épaisse qui caressait son visage à chaque pas, ce corps léger et souple, cette tunique vaporeuse qui l'enveloppait et formait des volutes soyeuses autour de ses bras. Elle courait dans le noir, mais ne trébuchait pas. Elle ignorait où elle se rendait ainsi, mais cela n'avait aucune importance. Quelqu'un dont elle ne voyait pas le visage la tenait par la main et l'attirait, toujours plus vite, dans un dédale de couloirs faiblement éclairés par une lointaine source lumineuse. Son compagnon et elle se dirigeaient résolument, le cœur battant d'impatience, vers cette lueur, cette clarté au milieu des ténèbres.

Ils débouchèrent, comme au ralenti, dans la pièce aux candélabres. Ceux-ci étaient plus nombreux encore que dans son souvenir, ils étaient des centaines, peut-être même des milliers, disposés en rangées, formant un labyrinthe de flammes à perte de vue. L'espace d'un instant, Elise saisit à la volée des images de son enfance. Les pannes d'électricité, encore fréquentes au début des années quatre-vingt, qui obligeaient la famille à dîner aux chandelles certains dimanches soirs. L'allumage des lumignons, dans leurs photophores de couleur, que l'on déposait sur le rebord des fenêtres, lors de la fête du 8 décembre. Les bougies d'anniversaire, fièrement plantées dans son gâteau au chocolat, qui exhalaient une odeur âcre lorsqu'elles étaient soufflées.

Elise demeurait là, immobile, saisie par la beauté de ce spectacle, se demandant quel sortilège avait fait apparaître devant ses yeux ce tableau féerique. « Oui, il y avait une explication, mais elle n'avait sans doute rien de magique », pensa-t-elle avec regret. Le rêve n'était qu'un souvenir déformé, un souvenir de son enfance. Elle savait qu'elle rêvait, mais ne voulait surtout pas se réveiller. Jamais. Ce qui comptait était cet instant, plus réel que la réalité, plus fort que ses expériences vécues. L'homme qui l'avait emmenée là serrait encore sa main. Mais elle ne pouvait toujours pas distinguer son visage, qui demeurait dans la pénombre, sans que la lueur des bougies ne réussît à l'éclairer. Mais cela, non plus, n'avait pas d'importance. Il se tourna vers elle, prit son poignet gauche, l'entraînant dans une danse aux pas complexes, la faisant virevolter avec aisance. Elise n'avait jamais su danser mais là, par magie, elle se laissait guider sans peine.

Tout à coup, le rêve s'accéléra, le décor se mit à tourner, tel un carrousel détraqué. Une lueur verdâtre apparut derrière les cierges, envahissant la scène. La griserie se changea en panique lorsqu'Elise sentit les sursauts désordonnés de son cœur lui indiquer que quelque chose n'allait pas. Pas du tout. Son cavalier lui faisait face. Si seulement elle pouvait savoir qui il était, elle serait rassurée. L'homme leva le bras droit. Un éclair argenté brilla au-dessus de lui, un bref instant. Elise cria. C'était une lame de couteau.

Elle ouvrit les yeux et resta longtemps, immobile, pétrifiée, tandis que, dans le silence, le tic-tac du réveil égrenait les secondes. Puis, une voiture passa devant l'immeuble, lentement, dessinant avec ses phares des rectangles lumineux sur le plafond. Il était trois heures du matin.

Le vendredi arriva enfin. Heureusement, il s'agissait pour Elise du dernier obstacle, de la dernière haie à franchir avant le week-end. Elle se sentait mal, ce matin-là. Dans le métro, elle se tassa dans un coin, pelotonnée dans son trench-coat, une écharpe autour du cou alors qu'autour d'elle les femmes commençaient à se dénuder, troquant leurs manteaux et leurs bottines contre des gilets fins et des sandales. Malgré la chaleur, elle était glacée, comme elle l'avait été dans la crypte, et n'avait plus envie de bouger. Tandis qu'elle réajustait ses écouteurs, elle surprit un bref échange entre deux passagères, assises à côté d'elle et qui paraissaient se connaître. L'une d'elles, une jolie rousse au teint diaphane, confiait à l'autre, une femme d'âge mûr :

— Je ne suis pas rassurée. Dire que je dois sortir ce soir et que je n'ai personne pour me ramener.

Elise haussa les épaules et augmenta le son. La musique sur les oreilles, encore et toujours, occultant autant que possible le vacarme du monde. Ses covoyageurs du métro l'exaspéraient chaque jour davantage. Jeune, jolie, avec des amis et des projets de sortie, et elle trouvait encore le moyen de se plaindre de son existence. « Qu'est-ce que je devrais dire », pensa Elise avec aigreur. Elle sortit de la rame à la station habituelle, prenant au passage un quotidien gratuit qu'un jeune homme zélé lui jeta quasiment dans les bras. Elle savait qu'elle devrait déployer des trésors de courage et d'énergie pour parvenir à se traîner au bout de cette journée.

En arrivant à son bureau, elle ne tarda pas à comprendre quelles étaient les nouvelles du jour. Près du photocopieur, les commères du service étaient absorbées par un sujet de conversation qui semblait leur causer un vif émoi. Elise les salua en passant, avec un petit sourire, mais elle n'éprouvait pas le désir de faire davantage que le service minimum. Ses collègues, accoutumées à ses sautes d'humeur, n'y prêtèrent pas attention.

— Moi, je trouve vraiment ça louche, déclara la petite dernière du service, une brunette montée sur ressorts, dotée d'une voix puissante et d'une langue bien pendue. Il n'est pas question que je rentre toute seule chez moi le soir.

Agacée, Elise s'enferma dans son bureau, sortit le journal de son sac et le parcourut en diagonal pendant que son ordinateur se mettait laborieusement en route.

Comme la dernière fois, trois lignes dans la rubrique « nouvelles locales » relataient la découverte du corps d'une jeune femme dans une ruelle du Vieux-Lyon. Elise fronça les sourcils. Elle se souvenait de l'article faisant état d'un cadavre trouvé dans un jardin privé quelques jours auparavant. La victime s'appelait Laurence, peut-être ? Elle avait dû conserver le quotidien vieux de deux semaines dans un sac destiné au recyclage sur le meuble à chaussures de son entrée.

Elle reposa le journal et se mit à déplacer des piles de dossiers sur son bureau. Voici sans doute ce qui avait provoqué l'inquiétude de ses collègues. Il n'y avait pourtant pas de quoi fouetter un chat. Des gens étaient assassinés tous les jours dans le monde, il n'y avait rien que l'on pût faire à part essayer de passer entre les gouttes. Ce qui imposait, entre autres, d'éviter de se promener seul dans certains quartiers en pleine nuit. Elle frissonna en repensant à son cauchemar. Elle ne parvenait pas à se défaire de la terreur pure qui l'avait traversée lorsqu'elle avait vu la lame du couteau briller à la lueur des cierges, tandis qu'elle se tenait dans les bras de cet inconnu.

Sans entrain, elle se prépara un thé, et tenta de poursuivre la rédaction d'un compte-rendu de réunion qui n'avait déjà que trop tardé. Mais une anxiété sourde la taraudait. Au bout d'un quart d'heure de concentration infructueuse, elle laissa de côté son document et se rendit sur Internet. Il lui fallut seulement quelques minutes pour trouver un article plus détaillé sur le crime :

Le corps d'une jeune femme, Irène Valenti, a été retrouvé cette nuit, ruelle Punaise, dans le Vieux-Lyon. D'après un témoin, elle avait passé la soirée au restaurant avec des amis, soirée qui s'était prolongée dans un pub du quartier. Elle allait vraisemblablement rejoindre sa voiture garée sur les quais, en empruntant la rue Juiverie, sur laquelle donne la ruelle Punaise, un raidillon menant à la montée Saint-Barthélémy. L'autopsie aura lieu aujourd'hui afin de déterminer les circonstances exactes de sa mort. Même s'il est encore un peu tôt pour l'affirmer, il semblerait au vu des premiers éléments dont nous disposons que cette mort suspecte présente des similitudes frappantes avec l'assassinat, il y a deux semaines de Laetitia Dumas, dans le même quartier, dans un jardin privé jouxtant la montée des Carmes déchaussées....

Le téléphone se mit à sonner. Elise sursauta. Décidément, il n'y avait pas moyen d'être tranquille un moment. « Ce soir je pars à quatre heures. Tant pis pour mon compteur », se dit-elle en se préparant à une nouvelle journée désagréable.

VII

Elise n'avait pas montré le moindre intérêt pour l'actualité et la marche du monde depuis de nombreuses années. Elle regardait la télévision uniquement pour les fictions, n'aimait pas la radio et en règle générale ne consultait pas la presse. Elle parvenait cependant, tant bien que mal, à combler ses lacunes grâce à Internet. Il lui arrivait ainsi, au cours de ses séances de surf, de tomber sur des articles d'actualité, et de fil en aiguille, elle apprenait le mariage six mois auparavant d'un membre d'une quelconque famille royale, le décès d'une légende du cinéma, ou les désastres causés par les tornades, les tsunamis et les tremblements de terre sur tous les coins du globe.

Pourtant, elle se surprenait à présent à tendre le bras lorsque les petits distributeurs de journaux, massés devant les stations de métro, se battaient pour être le premier à lui mettre sous le nez son quotidien gratuit du jour. Elle ne se contentait plus, comme auparavant, des pages loisirs. Le souffle court, la poitrine oppressée, elle consultait d'abord les nouvelles locales. Selon le rapport d'autopsie, Irène Valenti avait été tuée par une arme blanche, plantée en plein cœur, causant une mort quasi instantanée. La victime n'avait subi aucun sévice. Aucune fibre n'avait été retrouvée, ni cheveux, ni chair sous ses ongles. Cependant l'examen du corps avait révélé des signes de lutte : des bleus et de petites égratignures sur les avant-bras et le cou.

L'enquête dans l'environnement de la jeune femme de vingt-huit ans n'avait rien donné. Irène exerçait la fonction de secrétaire médicale depuis plusieurs années dans le même cabinet de radiologie. C'était une fille sérieuse et réservée, qui sortait peu, et toujours avec le même cercle d'amis fidèles datant pour la plupart de ses années d'études. Elise, songeuse, estimait qu'il ne valait vraiment pas la peine d'avoir été à ce point aimée pour connaître une fin si tragique, seule avec un fou, dans une ruelle désertée.

Elle suivit ce « feuilleton policier » pendant quelques jours, surprise elle-même par l'intérêt qu'elle ne pouvait s'empêcher de porter à cette affaire. Les journaux avaient établi un rapprochement avec la mort de la jeune femme du jardin, Laetitia Dumas. Bien que le profil des victimes fût très différent, les circonstances étaient étrangement similaires. Dans l'affaire Dumas, les hommes ayant récemment entretenu une liaison avec Laetitia avaient été entendus comme témoins. Il n'en était rien ressorti, les trois jeunes gens, restés en bons termes avec la victime, possédant tous un alibi.

Elise, dès l'annonce de l'assassinat d'Irène, avait compris que d'une manière ou d'une autre ces deux morts étaient liées. Par une sorte de pressentiment diffus, elle redoutait un nouveau meurtre, et se sentait chaque jour soulagée de ne pas voir ce qu'elle redoutait de lire une troisième fois. Elle fut cependant ennuyée d'apprendre que les journaux gratuits, sa principale source d'information, suspendaient ce vendredi-là leur parution jusqu'à la fin des vacances d'été. « A l'arrêt comme le reste de la France, regretta-t-elle. Tant pis, je pourrai toujours me renseigner sur Internet ».

Le jeudi, elle était impatiente de parvenir à la fin de sa journée de travail. Elle attendait en effet un paquet, qui serait peut-être dans sa boîte aux lettres le soir même. Elise espérait par conséquent terminer tôt, mais ce ne fut pas le cas. Rien ne se passa comme prévu ce jour-là, et les tuiles succédèrent aux contretemps. Elle fut à deux doigts d'écharper un de ses collègues de travail, de démonter le photocopieur et d'insulter ses interlocuteurs au téléphone. Elle arriva donc aux abords de son immeuble à dix-neuf heures, énervée et en sueur.

A quelques encablures de la porte d'entrée, une vieille Peugeot blanche dont le moteur tournait bruyamment était garée en double file. Liam venait d'en sortir et se tenait penché sur le véhicule, en grande conversation avec l'homme assis derrière le volant. Il conclut par un sonore « merci, bonne soirée » en donnant un petit coup amical dans la portière. Elise eut le temps d'apercevoir le profil acéré du conducteur pendant que la voiture passait devant elle en crachotant une fumée noire irrespirable sans doute peu conforme aux directives européennes sur l'environnement.

Elise ralentit. Elle ne voulait pas arriver en même temps que Liam afin de leur éviter une nouvelle conversation maladroite dans les escaliers. Elle compta jusqu'à trente, lentement, en espérant que ce laps de temps suffirait. Elle ouvrit la porte d'entrée et pénétra dans l'allée fraîche et sombre. Liam était encore là. Il venait de récupérer son courrier, et s'était fait happer par la vieille dame du rez-de-chaussée, une septuagénaire dynamique, toujours vêtue de tenues de jogging aux couleurs voyantes, et dont les conversations creuses cachaient en réalité d'interminables monologues.

— Oh, bonsoir, dit Liam. Mme Vernay me parlait de la prochaine fête des voisins, mais je ne pense pas pouvoir y aller.

Elise ignorait l'existence d'une fête des voisins dans cet immeuble aux trois quarts inoccupé, et répondit au salut de Liam d'une voix presque inaudible. Elle soupçonnait la voisine d'avoir inventé ce prétexte pour s'entretenir avec lui. Elle n'aimait pas Mme Vernay, et, elle le savait, le sentiment était réciproque. La vieille dame la regardait toujours bizarrement, et s'obstinait à tenter d'engager la conversation en posant des questions intimes qui mettaient Elise au supplice. Ce soir-là, elle semblait égale à elle-même. Vêtue d'un spectaculaire ensemble de sport violet, assorti à sa flamboyante chevelure teinte, elle jeta un regard indifférent à Elise et reporta aussitôt son attention sur Liam.

Liam lui répondit gentiment, mais il avait gardé ses yeux sur Elise, qu'il dévisageait de son air à la fois sérieux, doux et bienveillant. Elise s'approcha lentement des boîtes aux lettres. Était-ce bien une enveloppe kraft qu'elle voyait dépasser de la sienne ? Le facteur avait dû l'enfoncer de force, mais peu importait puisque ce qu'elle attendait était arrivé. Une joie presque enfantine l'envahit soudain.

Elle ouvrit la boîte, prit son enveloppe qui était en effet toute chiffonnée, mais dont le contenu ne risquait rien. Elle la cala sous le bras et commença sa pénible ascension.

— Bonne soirée, Mademoiselle, lui lança la dame. Nous sommes quand même bien mieux maintenant que M. Norgret vit dans l'immeuble. C'est bien appréciable, ma foi, d'avoir un représentant des forces de l'ordre près de chez soi avec tout ce qui se passe.

Elise s'immobilisa. Elle avait presque atteint le premier étage, mais pouvait encore les voir au travers des barreaux. Elle lança, de la manière la plus insouciante possible, donc la moins naturelle pour elle, un joyeux « Bonne soirée à vous deux également ! »

Elle gravit le restant des marches plus vite. Le son de leur conversation se perdit petit à petit dans la cage d'escalier. Elle devait reconnaître qu'apprendre ainsi, à l'improviste, la profession de son voisin du dessous était quelque peu dérangeant. En y repensant, cela ne l'étonnait pas plus que cela. Le type qui l'avait déposé dans cette voiture blanche quelconque devait être un collègue. Elle haussa les épaules tandis qu'elle entrait chez elle, déposant avec brusquerie son gilet et son sac par terre. Peu importait, après tout, ce que ses voisins pensaient d'elle.

La nuit se passa enfin sans heurts et Elise ressentit un mélange de soulagement et d'appréhension alors qu'elle se préparait pour sa dernière journée de travail avant les vacances. La solitude serait sans doute terrible à supporter pendant ces trois semaines, mais pour une fois, elle avait établi un semblant de programme pour meubler son temps libre, trop libre.

La veille, elle n'avait au bout du compte pas eu le courage d'insérer dans le lecteur le DVD qu'elle avait commandé. Au moment de le déballer, quelque chose s'était coincé dans sa gorge et elle n'avait pu que fixer la pochette, toute sa joie envolée.

Depeche Mode – Devotional, a performance filmed by Anton Corbjin. La vidéo d'un concert de leur groupe favori, enregistrée durant leur tournée de 1993, qu'Alex et elle avaient regardée ensemble une cinquantaine de fois. Elle n'avait pas pu. Pas encore.

Lorsqu'elle sortit de chez elle, elle n'imaginait pas que ce vendredi-là, jour banal parmi d'autres, verrait sa vie prendre un virage inattendu. Elle avait pourtant pris soin, durant toutes ces années, de contrôler son environnement, évitant les imprévus et bâillonnant, jour après jour, de toutes ses forces, sa tendance à éprouver la moindre émotion perturbante. Mais le trouble s'était déjà engouffré dans la brèche qu'elle avait laissée se créer quelques semaines auparavant.

Dès le matin, elle sentit en prenant les transports en commun qu'il régnait dans l'air une atmosphère fiévreuse, sans aucun rapport avec les températures élevées qui auraient dû réduire le bon peuple à l'état de limaces. Dans la rame de métro, assaillie par une chaleur suffocante, les voyageurs se regardaient du coin de l'œil. Certains feignaient d'être absorbés par leur journal, mais trahissaient leur nervosité par de petits mouvements involontaires. Une sorte de punk à chien, sans chien, vint en titubant s'asseoir sur le dernier siège de libre, à côté d'une jeune femme coiffée d'une queue-de-cheval soigneusement tirée en arrière et vêtue d'un élégant tailleur-pantalon gris clair. La femme fit un bond et se leva. Serrant nerveusement contre elle son sac à main, elle traversa la voiture d'un pas vif et se campa face à la porte du fond.

Perplexe, Elise finit par déplier le journal qu'elle tenait pour se donner une contenance. La une lui sauta au visage. Une photographie classique de la ville, probablement prise depuis Fourvière, affichant la cathédrale Saint-Jean au premier plan et la presqu'île en toile de fond, accompagnait un titre en gras, tape-à-l'œil et menaçant à la fois : un serial-killer à Lyon ? L'article qui monopolisait les deux pages suivantes dédiées aux nouvelles locales poursuivait sur un ton mélodramatique :

Ces dernières semaines, le public s'est ému à l'annonce de l'assassinat de deux jeunes femmes, Laetitia Dumas, vingt-sept ans, et Irène Valenti, vingt-huit ans, poignardées d'un coup de couteau en plein cœur. Ces meurtres sont intervenus en pleine nuit, dans le Vieux-Lyon, malgré la présence dans les ruelles et les traboules de nombreux touristes venus admirer ce quartier de Lyon, classé au Patrimoine mondial de l'UNESCO.

Notre rédaction est parvenue à obtenir des informations confidentielles en provenance d'une source à l'Hôtel de Police, qui a tenu à rester anonyme. Selon elle, ces assassinats auraient été perpétrés selon un mode opératoire similaire. En outre, les enquêteurs ont peut-être établi un lien avec un meurtre également commis dans le Vieux-Lyon il y a plus de deux mois, dans des circonstances analogues (voir notre encadré). Détail plus troublant encore, et que nous révélons ici en exclusivité : un même objet aurait été trouvé auprès de chaque victime, laissant la voie ouverte à la conclusion qu'il pourrait s'agir d'un tueur en série. Jusqu'alors, les services de police se sont montrés peu diserts sur le sujet. Notre correspondant...

Elise ferma le journal d'un mouvement brusque, faisant sursauter la vieille femme apathique qui suait à grosses gouttes à ses côtés. Elle se leva, descendit une station avant la sienne. Elle avait besoin de marcher pour réfléchir.

Ainsi, ils avaient retrouvé le même objet auprès de toutes les victimes. Victimes qui se comptaient au nombre de trois, selon le journal. Ce fait l'étonna. Elle n'avait pas entendu parler de cette affaire du mois d'avril. Des femmes jeunes, d'une vingtaine d'années, tuées d'un coup de couteau en plein cœur, sans autre sévice. L'absence d'agressions sexuelles était pour le moins étrange, puisqu'il ne s'agissait pas non plus de meurtres crapuleux, la présence sur les lieux des sacs des victimes intactes infirmant cette thèse. Elle brûlait d'envie de découvrir ce que le tueur avait déposé près des victimes. Il s'agissait nécessairement d'un objet incongru, qui n'aurait pas sa place parmi les accessoires typiquement féminins présents dans un sac à main. Le couteau ayant servi au meurtre, alors ? Elle jugea cette idée fantaisiste. Un tueur un peu habile ne laisserait jamais l'arme près de sa victime, même s'il avait pris soin de ne pas laisser ses empreintes. Ce serait donner le bâton pour se faire battre. De plus, ce scénario exigerait que le tueur achetât une nouvelle arme après chaque crime, ce qui ne serait ni très discret ni très économique, pensa-t-elle avec pragmatisme.

Elle se demandait ce que Liam pensait de tout cela, regrettant de n'avoir pas profité des quelques occasions où elle l'avait croisé pour engager une conversation plus poussée avec lui. Elle décida d'y remédier à l'avenir. Elle épierait ses allées et venues pour le rencontrer « à l'improviste ». En attendant, ses conjectures devraient attendre encore quelques heures. Elle était arrivée à son travail et il lui fallait s'armer de patience jusqu'à la fin de la journée.

Ce soir-là, à peine rentrée, elle alluma son ordinateur. Cathy avait bien tenté de s'introduire chez elle, mais Elise l'avait éconduite en prétextant un rapport urgent à rendre.

— Mais tu es en vacances ? Tu ne veux pas prendre un verre pour fêter ça ?, avait balbutié la jeune fille tandis qu'Elise refermait déjà la porte. Elle lança sa liste de lecture des années quatre-vingt sur l'ordinateur, elle qui avait depuis si longtemps appris à se passer de musique chez elle et à vivre dans le silence.

Elise fredonna un vieil air d'Ultravox en débouchant la bouteille de Monbazillac. Elle admira la robe dorée du vin liquoreux qui luisait dans le verre. Elle se sentait bien, ce soir-là. Elle sourit et soupira d'aise. Il fallait bien fêter le début des vacances. Alors qu'elle s'installait à son bureau, attendant que la connexion Internet daignât se mettre en route, une pensée lui traversa l'esprit. Elle faillit s'étouffer, posa le verre sur le bureau et se précipita sur son sac à main, fouillant avec frénésie, déversant sur le sol le contenu hétéroclite qui s'y était accumulé. L'article qu'elle avait consulté le matin même faisait référence à un encadré, détaillant les circonstances d'un meurtre commis au mois d'avril. Elle n'avait pas souvenir d'avoir lu ce deuxième article. Elle saisit le journal, parcourut rapidement la double page. Rien. Elle feuilleta le quotidien. L'encadré en question s'étalait en page quatre :

Un crime mystérieux en plein jour

Le samedi 5 avril après-midi, un riverain a fait une macabre découverte en descendant ses poubelles au pied de son immeuble. Le corps d'Emeline Granger, vingt-neuf ans, était dissimulé dans un bac à ordures situé dans une cour du vieux Lyon. La jeune femme était déjà morte depuis plusieurs heures. L'autopsie a révélé qu'elle était décédée des suites de plusieurs coups de couteau, dont un en plein cœur. L'arme était un petit modèle, vraisemblablement un canif. La victime n'a pas subi d'agressions de nature sexuelle. Son sac à main, ainsi que son appareil photo numérique, ayant été découverts intacts à ses côtés, le vol en tant que mobile du meurtre a été rapidement écarté.

L'enquête de personnalité a dévoilé une jeune femme à la vie sans histoires, qui exerçait son métier de bibliothécaire dans une université lyonnaise. Fiancée récemment et très heureuse selon ses proches, elle avait pour projet de s'installer avec son petit ami. Interrogé, ce dernier a pu donner un alibi. Le jour du meurtre, il se trouvait à l'autre bout de la France, occupé à récupérer ses effets personnels en vue de son installation avec Emeline. Les enquêteurs piétinent depuis plus de deux mois sur cette affaire. A la lumière des événements qui se sont produits ces dernières semaines, la possibilité d'inscrire l'assassinat d'Emeline Granger dans la série de meurtres du Vieux-Lyon n'est plus à exclure, même si, aux dires des enquêteurs qui souhaitent ne pas révéler des détails de l'enquête pour des raisons que l'on peut aisément comprendre, le mode opératoire diffère quelque peu.

Elise leva les yeux. Elle ne s'était pas rendu compte que, dans sa hâte, elle était restée à genoux, par terre, à côté de son sac à main. Perplexe, elle pensa à sa réflexion du matin. Un appareil photo retrouvé dans la poubelle, sur le corps de la victime. C'était donc cela, l'objet présent à côté de chaque corps ? Cette histoire était absolument démentielle. En se levant trop vite, elle grimaça : ses lombaires lui faisaient mal. Elle n'avait pourtant pas l'âge d'être percluse de douleurs aux moindres mouvements inhabituels. Il lui faudrait absolument profiter de ses vacances pour effectuer quelques exercices tous les matins, et retrouver ainsi un peu de sa souplesse perdue.

En attendant de mettre à exécution ces bonnes résolutions, Elise s'installa à son poste de travail. Elle surfa sur différents sites pendant des heures, rechercha des informations complémentaires à l'article qu'elle avait lu le matin même, s'interrompant uniquement pour avaler un dîner rapide. La nouvelle ne semblait pas avoir décroché la une de la presse nationale, ce qui l'agaça. Le fait qu'un tueur sévît dans une autre ville que la capitale ne méritait sans doute pas l'attention des grands médias.

A tout hasard, elle consulta une nouvelle fois, sans trop y croire, le site du quotidien gratuit qui avait publié la nouvelle le matin. Et ce fut là, en toutes lettres, devant ses yeux. Une information complémentaire. Soit le journal avait décidé de tenir ses lecteurs en haleine en distillant l'information au compte-gouttes, soit une nouvelle fuite s'était produite. Ou, dernière hypothèse, les services de police avaient volontairement décidé d'en dévoiler davantage, pour les besoins de l'enquête :

Nous annoncions dans notre édition du matin que les meurtres d'Irène Valenti et de Laetitia Dumas pourraient être imputés au même individu. En effet, les enquêteurs ont constaté des similitudes frappantes entre les crimes, relevant des caractéristiques communes, un modus operandi similaire, qui constitueraient la signature du tueur. L'objet déposé près des victimes serait une composante essentielle de ce mode opératoire. Interrogés sur cet aspect de l'affaire, les services de police n'ont pas souhaité faire de commentaires. Notre journal a cependant pu obtenir une information exclusive d'une source proche de l'enquête : l'objet en question serait un cierge, en partie consumé. On peut s'interroger sur les raisons qui ont motivé cet acte, ainsi que sur le profil psychologique de l'assassin, d'autant plus que les victimes n'auraient subi aucun sévice ante ou post-mortem. Différentes hypothèses peuvent d'ores et déjà être envisagées : un jeu de rôle qui aurait mal tourné, la cérémonie douteuse d'une secte, un illuminé religieux, un fétichiste ? Toutes ces pistes sont actuellement examinées par les services de police. Les meurtres attribués au mystérieux individu, ce « tueur aux cierges », seraient dans l'état actuel des connaissances, au nombre de trois, (l'assassinat d'Emeline Granger, vingt-neuf ans, en avril, s'inscrit bien dans cette série) mais les enquêteurs de la brigade criminelle commencent à remonter dans les affaires plus anciennes non élucidées afin de rechercher d'éventuelles similitudes...

Elise se figea. Elle trouvait les hypothèses avancées par le journal aberrantes, mais ce n'était pas cela l'important.

Un cierge en partie consumé. Elle se leva, manquant de renverser son verre de Monbazillac encore plein. La tête lui tournait, mais l'alcool n'était pas en cause. Elle ouvrit la fenêtre avec brusquerie, faillit arracher le rideau. Elle se pencha, essaya de respirer profondément l'air de l'extérieur. Les voitures circulant au pied de son immeuble étaient floues. Elle se cramponna au montant de la fenêtre, incapable de regarder en face d'elle. Pourquoi diable avait-elle emménagé dans cet endroit ?

Elle finit cependant par relever la tête, vaincue. Au-delà de la Saône, la basilique, d'une blancheur aveuglante, émergeait, souveraine, au-dessus des parties boisées de la colline de Fourvière, d'un vert sombre, presque noir. Le soleil commençait à se coucher et passait déjà de l'autre côté de la colline, parant la forteresse de la foi[1] d'un halo menaçant. « Ils ne peuvent pas savoir. Ils ne peuvent pas. Mais quelqu'un sait. IL sait. »

---

[1] Selon les propres termes de l'architecte de la basilique de Fourvière, Pierre Bossan

VIII

Cette nuit-là, Elise retourna une nouvelle fois dans le labyrinthe.

Elle se retrouva dans la pièce aux tableaux, mais ne s'y attarda pas. Elle connaissait le chemin à présent, même dans l'obscurité. Elle marchait d'un pas lent, mais assuré. Les lueurs des cierges la guidaient vers la grande salle. Le cœur battant, elle entra. Elle savait qu'il serait là, qu'il l'attendrait. Elle s'avança vers lui. La silhouette élancée, vêtue du même costume sombre. Le dos à la rangée de candélabres, le visage toujours dissimulé par le contre-jour. L'ombre des flammes dansait sur les murs noirs et décrépits. Elle voulait danser aussi. Avec lui.

Une musique résonnait dans le lointain, si distante qu'elle ne percevait que son écho déformé. Une chanson qui lui paraissait familière, mais qu'elle ne parvenait plus à replacer dans ses souvenirs. L'homme la prit par la main. Hypnotisée, Elise se laissa mener. Toujours, cette sensation de légèreté. Toujours, les pas qu'elle semblait connaître. De nouveau son cœur s'emballa, lorsque la main droite de l'inconnu lâcha son poignet et fouilla dans la poche intérieure de sa veste, à la recherche de quelque chose. Elise connaissait déjà la suite, mais elle n'avait plus peur. Comme la fois précédente, l'inconnu, sans un mot, sans un geste superflu, brandit le couteau. Il se pencha sur elle, tandis qu'elle restait dans ses bras, incapable de lutter, renversée en un tango morbide. Avant qu'il ait pu plonger la lame dans son cœur, la lumière des bougies éclaira son visage. Elle se débattit enfin, tirée de sa torpeur.

Avec un hoquet de peur, elle se réveilla. Les yeux rivés sur le plafond blanc, sans bouger, elle regardait la pièce tourner autour d'elle. Sa chambre, d'ordinaire rassurante, lui parut emplie d'une vague menace. Elle referma les yeux pour ne pas voir ces ombres, sur le mur et derrière la porte, tentant de se persuader qu'il ne s'agissait que des reflets des réverbères qui passaient à travers les interstices des stores.

Le cauchemar avait fini par révéler le visage de son cavalier. L'homme de la crypte. L'homme qui occupait ses pensées, et maintenant, ses rêves. Lorsqu'elle l'avait observé ce dimanche-là, il lui avait tout de suite paru familier. Tout simplement parce qu'elle le connaissait déjà. Elle émit un profond soupir. Ces cauchemars l'épuisaient, la drainaient de son énergie chaque fois davantage. Peut-être cesseraient-ils enfin, à présent qu'elle avait découvert la clé de l'énigme. Elle enfouit son visage dans son oreiller, remonta le drap au-dessus de sa tête et sombra rapidement dans un sommeil lourd, sans rêves.

Le samedi matin, premier jour de ses vacances, elle se leva dès six heures. Elle avala un café noir sans sucre, en arpentant son salon d'un pas nerveux, le mug à la main. Malgré sa nuit agitée, elle se sentait pleine d'une énergie nouvelle, décidée à mettre en place une stratégie.

En premier lieu, il devenait de plus en plus pressant de rencontrer le policier pour tenter de lui soutirer des informations. Elise avait cependant conscience de la difficulté de la tâche. Afin de ne pas éveiller sa méfiance, elle devrait procéder par petites touches. La première étape consisterait à tomber sur lui « par hasard ».

Elise, en guettant matin et soir ses pas dans l'escalier, avait fini par déterminer que le policier avait des horaires pour le moins irréguliers. Il pouvait partir très tôt le matin, ou rentrer tard le soir, parfois les deux. Elise le plaignait. Passer son temps sur son lieu de travail ne lui paraissait pas constituer la clé d'une vie épanouie mais, après tout, qu'en savait-elle ? Elle se tint prête à sortir, à l'affût des bruits dans l'appartement du dessous. Il était probablement en train de se préparer.

La seconde action à mettre en œuvre (« voilà que je parle comme un rapport administratif », se dit-elle, amusée. C'était bien la première fois que cette langue de bois insipide la divertissait) imposait un retour sur les lieux où elle avait vécu son adolescence et le début de sa vie d'adulte. Cette perspective ne la réjouissait guère. Pourtant, à l'idée d'obtenir la confirmation de l'intuition qui lui était venue au beau milieu de la nuit, son cœur s'accéléra.

Un bruit de clé dans une serrure la fit sursauter. C'était le moment. Elle saisit son sac à provisions, sortit rapidement, ne se donnant pas la peine de verrouiller sa porte. Elle descendit d'un pas tranquille, puis s'arrêta à quelques marches au-dessus du palier du troisième étage. Elle feignit la surprise à la vue du policier qui, lui, fermait avec soin les trois verrous de son appartement. Son visage affichait une grimace qu'Elise ne lui avait jamais vue.

Il tourna la tête au bruit de ses pas. Elise se sentit un peu coupable lorsqu'elle vit son expression changer, et un sourire éclairer son visage.

— Oh, bonjour ! Je ne vous ai pas réveillée, j'espère ? Je me suis levé tôt, j'ai dû faire un peu de bruit.

Décidément, ce garçon était obsédé par la peur de déranger ses voisins. « Un bon point pour lui, admit Elise, qui en avait assez de tous ces cuistres qui se croyaient en maisons individuelles. Ou alors il est aussi gêné que moi et ne sait pas comment engager la conversation ». Cette pensée lui donna du courage. Elle tenta de sourire, en vain. Avec ce qui devait ressembler à une grimace, craignait-elle, elle lui répondit sur le ton le plus léger possible, en essayant de bien articuler. Elle avait en effet une fâcheuse tendance à bafouiller en sa présence.

— Non, vous ne m'avez pas dérangée. Je me suis levée tôt également.

Elle montra son sac.

— Je vais faire quelques courses au marché.

Ils commencèrent à descendre les marches, côte à côte, malgré l'étroitesse de la cage d'escalier. Le silence s'installa de nouveau, au grand désarroi d'Elise. Sans doute le policier était-il simplement poli avec elle. Il paraissait de nouveau triste et préoccupé.

— Excusez-moi, finit-il par lui dire. En réalité, je dois y aller, je suis très pressé ce matin.

Il lui adressa un petit sourire gêné et n'attendit pas sa réponse pour se ruer dans la cage d'escalier. Elise l'entendit dévaler les étages et claquer la porte d'entrée. « Mon charme naturel fait des ravages », pensa-t-elle.

Elle remonta chez elle prendre son petit-déjeuner. Elle avait toujours eu une sainte horreur de faire le marché.

Pendant que le thé infusait, elle alluma son ordinateur, jeta un coup d'œil à son compte bancaire, puis à sa messagerie sur laquelle il n'y avait jamais de nouveau message, avant de terminer par le site internet du quotidien gratuit. Elle comprit alors deux choses, l'une entraînant nécessairement l'autre : le policier avait une bonne raison d'être préoccupé et pressé de se rendre au travail. Et il était lié de près ou de loin à l'enquête sur l'affaire qui la préoccupait. Sur l'écran, en lettres capitales, un gros titre s'affichait :

Un nouveau cadavre de femme retrouvé ce matin dans une traboule. Une victime du tueur aux cierges ?

Elise remit les chaussures qu'elle venait juste d'enlever. Son petit-déjeuner attendrait. Il devenait en effet urgent de faire un petit tour à Gerland.

***

Ce quartier du 7ème arrondissement de Lyon s'étendait dans la partie méridionale de la ville, coincé entre le Rhône à l'ouest, un port de commerce au sud et des voies ferrées à l'est. Il n'était pas très touristique, mais possédait néanmoins une identité attachante. Il était très fréquenté par les habitants de l'agglomération car il abritait depuis des décennies le stade de football où officiait l'équipe locale ainsi qu'une salle de spectacle qui avait pour particularité de se trouver dans un ancien abattoir reconverti. Ces deux monuments emblématiques avaient été conçus par le même architecte, Tony Garnier, une gloire lyonnaise du début du XXème siècle.

Le quartier aux allures de faubourg s'était fortement modernisé à partir des années quatre-vingt et les immeubles de bureaux et d'habitation avaient remplacé petit à petit les usines et les terrains vagues. L'arrivée du métro, puis du tramway, avait amorcé un mouvement de « gentrification », même si le quartier gardait encore son aspect populaire.

En sortant du métro, Elise n'eut aucune peine à retrouver son chemin, bien qu'elle n'eût pas mis les pieds dans cette partie de la ville depuis quinze ans. Elle nota la présence de nouveaux commerces, à proximité du terminus flambant neuf du tramway qui reliait à présent le quartier au 2ème arrondissement, de l'autre côté du Rhône. Certains arrêts de bus avaient aussi été déplacés, en particulier celui auquel elle attendait pour rejoindre l'avenue Berthelot et prendre sa correspondance pour le campus de Bron, du temps de ses études imaginaires.

Son ancien immeuble apparut devant elle. « Mon foyer pendant vingt ans », se dit-elle, la gorge serrée. Mais ce n'était pas son allée qui l'intéressait. D'après ses souvenirs plutôt flous, « Alan » avait dû habiter dans l'immeuble en face de la cour. Il avait alors une quinzaine d'années, et il traînait tristement dans le voisinage sa frêle silhouette, aux bras trop longs et au cou délicat. Elle le voyait parfois sortir avec son père, un homme âgé, aux cheveux blancs et au maintien digne. Elle l'avait également aperçu plusieurs fois à l'arrêt du bus et avait été agacée par sa façon de la regarder de biais.

Elle avait appris son nom par hasard. Sa mère, toujours prête à aider son prochain et à engager la conversation, avait pris en sympathie le veuf perdu sans son épouse, et son fils à l'air si triste. Elle les arrêtait souvent au passage pour discuter dans la cour.

Un jour où la mère et la fille sortaient ensemble, elles avaient croisé le jeune homme chargé de provisions. Sa mère lui avait souri et puis avait dû émettre une quelconque remarque, soulignant qu'il était admirable que l'adolescent aidât ainsi son père, incapable même de faire les courses. Elle les avait présentés l'un à l'autre, et sa mère avait précisé qu'il était le fils de Monsieur…Non, elle ne pouvait pas s'en souvenir. Elle ne voyait pas pourquoi elle aurait retenu une information sans intérêt pour elle.

Découragée, elle se dirigea vers l'allée de son ancien voisin dans l'espoir qu'il habitât encore là, et que les noms sur les boîtes aux lettres raviveraient sa mémoire. L'interphone la prit de court : il n'y en avait pas à l'époque et tout le monde entrait comme dans un moulin. Elle essaya le bouton « service », qui aurait dû fonctionner le matin. Mais il était presque midi. La porte resta verrouillée.

— Vous cherchez quelque chose ?

Elise sursauta. Une dame d'âge mûr aux petites lunettes rondes était penchée à la fenêtre de son appartement du rez-de-chaussée. Peut-être la gardienne. En temps normal, Elise aurait tourné les talons pour éviter la confrontation. Elle avait horreur d'être ainsi prise à partie. Mais elle avait besoin de cette information et se ferait violence pour l'obtenir. Elle s'adressa donc à la femme en souriant.

— Oh, bonjour, je suis confuse. Vous pourrez peut-être m'aider. Je cherche un ancien camarade de classe.

Elle attendit un instant. La dame semblait plus calme mais toujours méfiante.

— Et il habite dans cet immeuble ? Vous devriez sonner à l'interphone.

Les choses se compliquaient.

— En réalité, c'était un bon ami à moi, mais il y a longtemps que je ne l'ai pas vu. Et j'ai oublié son nom de famille. Il vivait là avec son père.

Elise attendit, le souffle court, une réaction de la résidente. Son regard vide n'était pas de très bon augure. En dernier recours, Elise ajouta :

— Mon ami avait perdu sa mère récemment. C'était il y a quinze ans, vous n'étiez peut-être pas encore là ?

A bout de patience, Elise tournait déjà le dos quand la femme s'écria :

— Attendez ! Je n'habitais pas ici à l'époque, mais vous pourriez aller voir Mme Lambert. Elle vit dans la cité depuis quarante ans.

Elle pointa du doigt dans la direction de l'immeuble où Elise avait vécu.

Elise hésita, puis remercia la dame pour sa bonne volonté. Elle jeta un œil à la façade, vit la fenêtre de son ancienne chambre, et se sentit mal à l'aise. Elle n'avait pas très envie de rencontrer cette Mme Lambert, qu'elle se remémorait de façon très vague. Elle avait bien peur que la vieille femme ne se souvînt également d'elle. Le cœur serré, elle sonna à l'interphone. Elle songea à la dernière minute à lui donner un faux nom. La dame lui ouvrit sans hésitation.

Arrivée au premier étage, Elise trouva une porte entrebâillée devant laquelle une septuagénaire aux beaux cheveux blancs, vêtue d'un chemisier sombre et d'un élégant pantalon noir l'attendait. Maquillée avec soin, elle arborait des bijoux manifestement coûteux et exhalait un parfum suave, presque écœurant, de tubéreuse. Intimidée, Elise afficha cependant un sourire confiant tandis qu'elle lui fit part du motif – fictif – de sa visite. Elle improvisa une réunion d'anciens élèves, se faisant passer pour l'amie de lycée d'un jeune homme qui avait vécu dans la copropriété quinze ans auparavant. Il lui parut difficile d'être convaincante puisqu'elle ne connaissait pas même le prénom du camarade qu'elle recherchait avec autant de zèle.

Mais Mme Lambert ne releva pas les incohérences dans le récit d'Elise. Elle insista pour la faire entrer dans son appartement et lui servir un café accompagné de petits cannelés. « Fait maison », précisa-t-elle. Elise protesta pour la forme, ne voulant pas, affirma-t-elle, déranger la dame qui apparemment, s'apprêtait à sortir. Mme Lambert protesta d'un ton énergique.

— Sortir ? Non, je ne compte pas sortir maintenant.

En voyant le regard d'Elise sur sa tenue, elle sourit.

— Et oui, je me pomponne pour rester à la maison. C'est important, vous savez, de ne pas se laisser aller à mon âge.

Elles s'installèrent dans un salon douillet, encombré de coussins et de bibelots. Dans ce décor surchargé, quelque peu étouffant, Elise nota également une remarquable collection de poupées russes. L'appartement, trois étages en dessous de celui que ses parents et elle avaient occupé, présentait la même configuration. Elle se revit, telle qu'elle était alors, dans son propre salon, prostrée des jours durant sur le canapé, regardant sans cesse les mêmes cassettes vidéo pour combler le vide et l'ennui. La dame ne parut pas la reconnaître. « J'ai changé. Beaucoup plus qu'elle », se rassura Elise.

Après avoir bu une gorgée de café, et mordu dans un cannelé succulent, elle orienta la conversation sur le but de sa visite. Mme Lambert était ravie de discuter ainsi du passé. Le monsieur veuf qui vivait avec son fils adolescent, elle s'en souvenait parfaitement, et pour cause :

— C'était Jacques. Jacques Augier. On était amis, lui et moi. On avait à peu près le même âge, vous voyez. C'est terrible, ce qui lui est arrivé. Il a perdu sa femme, qui était pourtant bien plus jeune que lui. Il est resté complètement désorienté après son décès, et ne s'en est jamais remis. Comme s'il ne savait pas s'occuper de lui-même, vous voyez ? Ça arrive souvent chez les veufs. Les femmes, quand elles se retrouvent seules, savent toujours se débrouiller. Et heureusement, il avait Franck. Pauvre gosse, ça n'a pas dû être drôle tous les jours. Il était toujours prêt à rendre service, à aider son père, mais ce n'était pas une vie. Je le revois encore, passant avec son panier à provisions… Un petit brun tout mince, l'air toujours sérieux. Déjà trop mûr pour son âge. Enfin, vous qui l'avez connu adolescent, vous voyez ce que je veux dire.

Elise hocha la tête, pour encourager la dame à poursuivre son histoire. Franck. Alan s'appelait en réalité Franck. Pas étonnant qu'elle l'ait oublié.

— Ils auraient au moins pu vivre ailleurs. Ce n'était pas bon de rester au milieu de tous ces souvenirs, surtout pour Franck. Mais Jacques était comme ça, un peu têtu, il ne voulait pas profiter de la fortune de sa femme, vivre grand train. C'était un ancien militaire et il avait des idées un peu strictes. Il gardait tout pour le petit.

Mme Lambert s'arrêta, les yeux dans le vague. Elise n'osa pas interrompre sa rêverie, elles restèrent ainsi un moment, le tic-tac de la pendule altérant le silence. Elise essayait de digérer l'information, mais elle n'était pas certaine de comprendre.

— Que voulez-vous dire par vivre grand train ?

La dame releva la tête, surprise. Elle fixa Elise, les yeux plissés :

— Comment, vous ne savez pas ? Il n'en parlait donc pas, au lycée ? Mais Gisèle avait une fortune, c'était la fille d'industriels de la pharmacie. Un grand nom. Mais bon, quand elle s'est mariée avec Jacques, il n'a pas été question pour lui de se faire entretenir par sa femme. Il fallait vivre dignement, avec ses propres moyens. Elle en était très contrariée. Et Franck aussi, d'ailleurs, je crois qu'elle lui avait monté la tête. Il avait des ambitions bizarres. Il m'avait dit une fois qu'il voulait être le nouveau Baudelaire. Vivre comme un dandy, ne pas travailler et être un artiste.

Elle rit :

— C'est étrange, non ?

Un ange passa. Les révélations de la dame laissaient Elise sans voix. Elle ne savait comment relancer la conversation, et commençait à se sentir mal à l'aise. La femme la regardait toujours, une expression intriguée sur le visage. Puis elle conclut, plus sèche :

— Je suis désolée, mais ce monsieur est décédé. Il y a huit ans déjà. Son fils est resté quelques mois seul dans l'appartement, mais ensuite il a déménagé. J'ignore où.

Elise cacha sa déception. Elle n'osa pas abuser de l'hospitalité de la dame en lui demandant si elle possédait des photos de ses anciens amis. Elle remercia son hôte pour son accueil et se prépara à prendre congé.

Parvenue à l'entrée de l'appartement, elle marqua un temps d'hésitation. Elle tourna la tête en direction d'un long couloir, à l'extrémité duquel se trouvait une porte qui avait celle de sa chambre dans le logement de ses parents. Elle se demanda quelle fonction pouvait remplir cette pièce pour cette femme qui vivait seule, et paraissait s'en accommoder. Une chambre d'amis, un bureau peut-être ?

Tandis qu'elle ouvrait la porte, la dame, qui l'avait accompagnée et ne l'avait pas quittée des yeux, parut se souvenir tout à coup de quelque chose. Elle posa sa main sur le bras d'Elise :

— Attendez, je vous connais ! Vous n'étiez pas la fille qui…

Elise sursauta, lui coupant brutalement la parole.

— Oui, fit-elle, honteuse, sans oser regarder Mme Lambert.

Elle se dégagea de l'étreinte de la vieille femme, quittant l'appartement, l'immeuble et la cour sans se retourner, fuyant comme si elle avait une furie à ses trousses. Elle courait toujours lorsqu'elle parvint finalement, essoufflée, à la station de métro.

IX

De retour chez elle, Elise tenta de surmonter sa déception. Après tout, elle s'était attendue à faire chou blanc. Elle avait cependant espéré que le père d'« Alan » vivrait encore. Elle aurait ainsi pu faire le guet devant l'immeuble jusqu'à une visite de son fils. Dorénavant, il ne lui restait plus qu'une possibilité. En connaissant son nom de famille, peut-être pourrait-elle retrouver une quelconque trace sur Internet.

Elle alluma l'ordinateur et entra le nom de Franck Augier dans divers moteurs de recherche, mais il n'apparut pas. Sur les pages blanches, elle chercha son adresse dans Lyon intra-muros tout d'abord, puis dans le Rhône et finalement, en désespoir de cause, dans toute la région Rhône-Alpes, sans résultat. Elle consulta ensuite sans succès Facebook. Elle possédait un compte depuis deux ans et ne s'en servait pas, n'ayant que deux collègues pour « amies ». Ces vérifications terminées, elle se trouva dans une impasse. Elle ne connaissait pas assez l'informatique pour essayer d'autres méthodes.

Découragée, elle se mit ensuite en quête d'informations complémentaires sur le crime découvert le matin même. Si elle avait déploré la veille l'indifférence des médias nationaux, elle ne pouvait plus s'en plaindre à présent. Elle tapa dans le moteur de recherche « meurtres Lyon », et une trentaine d'occurrences apparurent, menant sur les sites des principaux journaux et chaînes d'information. « Un raz-de-marée », s'affola Elise, redoutant tout à coup une arrivée massive de journalistes qui mettrait la ville en état de siège.

Sonia Caillot, vingt-trois ans, étudiante en droit, avait été retrouvée au petit matin dans la grande traboule, un long passage couvert reliant la rue du Bœuf à la rue Saint-Jean. Cet endroit, de par son architecture remarquable et pittoresque, était un lieu touristique en pleine journée, mais une femme seule ne s'y serait pas aventurée la nuit. En outre, les cours et traboules du Vieux-Lyon, accessibles dans la journée aux visiteurs amateurs de vieilles pierres, étaient fermées la nuit pour protéger la tranquillité des riverains. Malheureusement pour elle, la victime habitait l'un des immeubles desservis par la traboule et rentrait chez elle. Le tueur l'avait attendue caché dans l'ombre. Il ne s'était même pas donné la peine de dissimuler le corps, qui avait été retrouvé près d'un bac à ordures.

Elise, mal à l'aise, se leva brusquement. Elle se dirigea vers l'évier et lava la vaisselle. Puis, elle l'essuya avec soin et la rangea. Tandis qu'elle vaquait à ses occupations ménagères, dans l'espoir de dompter son chaos intérieur, elle ne pouvait se cacher que la visite dans son ancien quartier l'avait davantage secouée qu'elle ne l'aurait cru. La vieille voisine avait fini par la reconnaître. Pourtant, Elise avait changé. A un degré tel qu'elle avait souvent l'impression qu'il s'agissait d'une autre personne qu'elle revoyait, préparant ses affaires pour se rendre à l'université.

La première année à la faculté de Lettres modernes s'était déroulée sans grande surprise, ni sans trop de difficultés, même si Elise s'était souvent demandé pourquoi elle s'était embarquée dans cette aventure hasardeuse. Sans l'ombre d'un projet professionnel, elle avait opté pour ce cursus par défaut, en dernier recours, lors de la journée d'inscription à l'université. Bien qu'elle ne fût animée d'aucune motivation particulière, les matières l'intéressaient, comme tout ce qui lui permettait d'enrichir sa culture générale. Au lycée, Elise avait rêvé de devenir une artiste, tout en ignorant ce que ce fantasme recouvrait en réalité. Elle se voyait peindre et dessiner, payée à vivre ainsi de sa passion pour un employeur complaisant, ou alors elle s'imaginait être à son compte : habitant un appartement canut baigné de lumière, fréquentant d'autres artistes et travaillant quand elle en aurait eu envie. Au moment de choisir une orientation, elle s'était sentie paralysée à l'idée de tenter le concours d'entrée aux Beaux-arts, et avait revu à regret ses prétentions à la baisse.

Alex, au contraire, s'était engagée dans cette voie en toute connaissance de cause car elle souhaitait enseigner la littérature. Mais, disait-elle souvent en riant, elle n'avait pas envie de travailler dans le secteur public. Son ambition était d'être recrutée par un établissement privé de bonne tenue afin d'enseigner à des élèves disciplinés et intéressés par cette matière. Elle n'excluait pas, sur le long terme, d'ouvrir sa propre petite école privée.

Les deux amies ne se quittèrent pas, cette année-là. Elise savait qu'elle n'aurait pas pu faire face aux difficultés et angoisses de la vie étudiante sans Alex, sans son soutien et sa présence constante. Elle ne se fit aucun autre ami, même si, parfois, quelques garçons s'asseyaient près d'elles lors des cours magistraux dans les amphis, essayant d'entamer la conversation. Elise n'ignorait pas qu'ils venaient pour Alex, qui, souriante, ne faisait rien pour les décourager. Elise, qui n'appréciait pas d'être ainsi dérangée, les regardait d'un œil noir. Une relation exclusive lui aurait parfaitement convenu.

Elles ne prenaient pas leurs repas au Resto U, préférant manger leurs sandwichs à l'écart de la cohue, sur un banc du parc de Parilly lorsqu'il faisait beau ou dans une cour intérieure du campus par temps maussade. Elles discutaient de tout et de rien, sans jamais épuiser les sujets de conversation. Alex fourmillait d'idées, de projets, entraînant Elise dans ses rêveries. Ensemble, elles bâtissaient des châteaux en Espagne, ou plutôt en Angleterre. Elles iraient un jour à Londres, et ce serait merveilleux.

— Qui sait, soupirait Alex, je pourrais créer une école là-bas. Une école française. Et tu pourrais enseigner l'histoire de l'Art. Ce serait génial, non, d'avoir un projet en commun ?

Mais cette parenthèse enchantée, où pour la première fois Elise eut une véritable amie, se referma de manière abrupte, sans qu'elle y fût préparée.

Lors du premier semestre de la deuxième année de scolarité, Alex disparut du jour au lendemain, et déserta définitivement les bancs de la faculté. Dans les premiers temps, Elise, alarmée, séchait les cours pour aller la voir chez elle. A chacune de ses visites, elle trouvait Alex défaite, fuyante, les yeux fatigués, le teint pâle. Elle était malade, expliquait-elle à Elise, qui la suppliait de reprendre les cours. En vain.

Alex s'était effondrée pour une raison qu'elle n'avoua jamais clairement à Elise. Il était parfois difficile de lui arracher des confidences. Il lui avait pourtant semblé que son amie s'était retrouvée plongée dans une profonde dépression. Ses ambitions abandonnées, Alex ne reprit jamais ses études. Elle resta chez elle, et, au bout de quelques mois, tenta de se reconstruire en bâtissant un nouveau projet professionnel. Puisqu'elle ne se sentait pas la force d'enseigner, annonça-t-elle, elle trouverait une autre voie dans le domaine de la littérature, des livres. Elle allait y réfléchir.

Elise, désœuvrée, délaissée, n'eut pas le courage de poursuivre sa deuxième année de faculté. Depuis le départ d'Alex, l'intérêt pour les cours et la vie étudiante en général lui faisait cruellement défaut. Si Alex avait ainsi pu renoncer au rêve de sa vie, pourquoi Elise, qui s'était retrouvée là par hasard, persévérerait-elle ?

Ne sachant pas quoi faire d'autre, elle continua néanmoins à fréquenter le campus, mais ses pas la portaient désormais chaque matin vers la bibliothèque universitaire. Elle feuilletait des ouvrages, principalement de peinture. Elle restait des heures à rêvasser ainsi, les yeux dans le vague, en noircissant des pages entières de dessins, se demandant ce que le futur lui réservait. L'angoisse qui s'était dissipée au contact d'Alex recommençait à la ronger.

L'année universitaire s'écoula ainsi. Sans surprise, elle échoua aux examens du deuxième semestre. Il ne fut plus question de reprendre à la rentrée. Elise convainquit ses parents qu'elle n'était pas taillée pour ce type d'études au long cours, et qu'elle devait réfléchir pour déterminer ce qu'elle allait faire de sa vie. Elle traîna des mois à la maison, sans sortir, cloîtrée dans sa chambre, à lire, écouter de la musique et essayer encore de dessiner. Mais elle n'avait plus d'inspiration, et l'avenir lui inspirait une terreur croissante.

***

Ce premier samedi de vacances fut une journée triste, au temps morose. Elise s'installa sur le canapé, et feuilleta longuement un livre sur Georges de la Tour qu'elle venait de s'offrir. En fin d'après-midi, comme elle commençait à regretter de n'être pas sortie, elle reçut la visite de Catherine.

— Tiens, te voilà, lui fit Elise, distraite, entre, fais comme chez toi.

Cathy ôta ses sandales et s'assit sans façon sur le canapé. Elle soupira :

— J'avais vraiment besoin de quelqu'un à qui parler. Tu as vu les nouvelles ? Ça me rend malade cette histoire.

Elise se sentit mal à l'aise. Pourquoi remuer tout cela ? Elle avait horreur de commenter ainsi l'actualité, elle avait la sensation de se comporter en pilier de comptoir. Tournant le dos à son amie, elle se prépara un apéritif, composé de vin rosé et de jus de pamplemousse, tout en cherchant ses mots.

— Hum. Je suppose que la police fait son travail et qu'il sera très vite capturé.

— Tu y crois vraiment ? En attendant, il y a déjà quatre morts. Et dire qu'on ne se doutait de rien pendant des semaines. La première remonte au mois d'avril, apparemment. Il a mis du temps à recommencer, mais maintenant il ne s'arrête plus.

Elise s'assit à l'autre bout du canapé, son verre à la main. Elle ne savait que dire.

— Quelque chose a dû déclencher tout ça, se contenta-t-elle d'ajouter, platement.

— Quelque chose ? Mais je m'en fous, moi, de ses raisons. C'est un taré, un malade. Ça me terrifie d'imaginer un prédateur pareil en liberté, comme si on était dans la jungle.

Elise but une gorgée d'alcool. Sans regarder Cathy, elle répondit, pensive :

— Mais nous sommes dans la jungle, Catherine, nous l'avons toujours été et on dirait que tu le découvres maintenant. Personne n'est là pour personne, ce sont les plus forts qui survivent. Et ce n'est pas en le traitant de taré qu'on va l'arrêter. Il a forcément une motivation...

Cathy souffla. Elle, d'ordinaire si calme, semblait agacée.

— Il a sans doute vécu une enfance malheureuse, bien entendu, le pauvre... Moi, je pense aux victimes.

— Ce n'est pas ce que je veux dire. Je ne l'excuse pas, ce n'est pas ça. Et justement, les victimes. Pourquoi elles ? Pourquoi elles et pas toi ou moi ?

— Et bien... peut-être parce qu'on ne se balade pas tard le soir dans les ruelles désertes. Et puis, excuse-moi, mais tu es un peu âgée pour être une victime.

Elise tressaillit : Pardon ?

— Oui, si tu regardes la moyenne d'âge, elles ont...Attends, donne-moi une calculatrice !

Cathy se leva, commença à fouiller sur le bureau d'Elise, qui l'interrompit d'un geste :

— Ça va, ça va, je comprends. Elles ont toutes moins de trente ans.

— J'aimerais bien voir leurs photos. Peut-être qu'elles se ressemblent, fit Cathy, rêveuse, en s'asseyant de nouveau sur le canapé. Elle entortillait en parlant ses boucles autour de son index.

A ces mots, Elise jaillit du canapé et commença à arpenter la pièce, sous les yeux médusés de Catherine. Elle se sentait irritée contre elle-même et s'en voulait de ne pas avoir eu l'idée plus tôt. Bien sûr, c'est par là qu'elle devait commencer. Remonter les faits. Les lieux, les victimes. Trouver le point commun entre elles, s'il y en avait un. C'était vraisemblablement ce que la police était en train de faire vingt-quatre heures sur vingt-quatre. « Ils doivent être sur les dents et subir une énorme pression, en ce moment. Je me demande ce que Liam en pense... »

— Elise, tu ne m'écoutes pas ! Je te demandais ce que le policier en pensait ?

— Comment veux-tu que je le sache ? Je ne suis pas sa confidente.

— Mais tu l'aimes bien, non ?

Elise hésita. Elle ne s'était jamais posé la question.

— Je ne m'en préoccupe pas vraiment, pour être honnête. En plus, je ne sais pas du tout dans quel service il travaille. Si ça se trouve, il s'occupe de trafics de stupéfiants.

Cathy concéda :

— Bon, oui, peut-être. Mais ils doivent se parler entre eux, quand même. Une affaire comme ça n'arrive pas tous les jours. Sans compter qu'il y a eu des fuites dans leurs services, en plus.

Elise éprouva tout à coup le besoin impérieux d'être seule, pour réfléchir, mettre ses idées en ordre. Elle posa d'un geste sec son verre sur la table basse :

— Bon, écoute, je ne te chasse pas, mais je vais commencer à préparer mon dîner...

— J'ai compris, fit Cathy en se levant d'un bond. Je te laisse. Allez, passe une bonne soirée et ne rumine pas trop !

Elle n'était pas même vexée d'être congédiée ainsi, habituée qu'elle était aux changements d'humeur de sa voisine.

Elise sourit :

— Et toi, fais bien attention à toi. Promis ?

Cathy se retourna, la main sur la poignée de la porte :

— Comment ça ?

— Et bien, si je suis trop vieille pour intéresser le tueur, je pense que toi tu es juste dans la bonne tranche d'âge, conclut Elise.

X

Après le départ de sa voisine, Elise consacra son début de soirée à collecter des informations sur les meurtres. *J'aimerais bien voir leurs photos. Peut-être qu'elles se ressemblent.* Elle jugea l'idée de Catherine excellente. Elle se mit donc en quête d'images sur Internet. Grâce au moteur de recherche, elle trouva sans difficulté des photographies de trois des victimes.

La dernière en date, tout d'abord, Sonia, qui faisait la une de tous les sites d'actualités depuis le matin. Une brunette au teint pâle, à la longue chevelure soyeuse. Ses sourcils noirs et fournis traçaient sur sa peau blanche deux lignes nettes soulignant son regard noisette un peu triste. Une bouche en cœur, en harmonie avec l'ensemble de sa personne. Le prototype de la jolie poupée eurasienne.

Puis Laetitia. Celle-ci affichait un petit air déluré qui ne cachait rien de son style de vie et de ses fréquentations. Des cheveux châtains tirant sur le blond, certainement grâce à un balayage, encadraient un visage plat d'où saillaient un nez retroussé et de belles lèvres pulpeuses. L'excès de maquillage cachait plus qu'il ne mettait en valeur ses traits réguliers. Sur la photographie, elle était vêtue d'un débardeur qui laissait voir un papillon tatoué sur son bras droit.

Enfin, Irène. Coiffée d'une longue tresse aux reflets cuivrés, elle semblait avoir cultivé un style à la fois plus sage et plus sophistiqué que les deux autres, sans être tout à fait classique. Elle avait arboré des lunettes munies de montures en écaille BCBG qui détonnaient avec ses yeux mordorés et sa bouche très large, rappelant à Elise une actrice célèbre.

Mais elle eut beau s'obstiner, il lui fut impossible de dénicher un portrait de la première victime, Emeline. La famille avait dû faire la chasse aux charognards. Elise imprima les photographies, auxquelles elle ajouta les articles les plus intéressants sur l'affaire. Elle plaça soigneusement le produit de ses recherches dans une pochette dédiée. « Peut-être que rassembler ces informations m'aidera à y voir plus clair », se justifia-t-elle.

Après deux heures de concentration studieuse, son estomac criait famine. Il était temps de se changer les idées. Elle revêtit une tenue confortable et se prépara un plateau télé : une salade et des toasts de saumon fumé, accompagnés d'un deuxième verre de rosé pamplemousse. Elle hésita un instant sur le programme, puis se décida à revoir, une énième fois, la première saison de la série *Dexter*, qui narrait les tribulations d'un tueur en série travaillant en tant qu'expert en morphoanalyse de traces de sang au département de police de Miami. « Tonight is THE night », se répétait le héros, tandis qu'il partait en chasse la nuit, dans les rues *muy caliente* de cette ville cosmopolite. La réplique préférée d'Elise.

Il était vingt et une heures lorsque quelqu'un sonna. Elise, captivée par l'intrigue qui se déroulait sur l'écran de son téléviseur, sursauta. Elle ne s'était jamais résignée à l'idée que n'importe qui pouvait débarquer, à n'importe quel moment, pour rentrer dans son monde et imposer sa présence, son discours, ses exigences. La plupart du temps, elle faisait la morte. Mais, à cette heure-là, ce n'était peut-être pas une erreur. Il était un peu tard pour les marchands ambulants et autres témoins de Jéhovah. À regret, elle appuya sur le bouton « pause » au beau milieu d'une scène palpitante. Elle se dirigea sur la pointe des pieds jusqu'à la porte et regarda par l'œilleton. C'était le policier.

Elle recula brusquement. La sonnerie retentit de nouveau. Elise se sentit idiote, de demeurer ainsi paralysée, derrière sa porte d'entrée. « Ça suffit, il ne va pas me manger, se dit-elle », irritée contre elle-même et contre son visiteur importun.

Elle vérifia sa tenue. Malheureusement, elle était déjà en robe de chambre. Elle referma les pans de son vêtement sur sa poitrine, resserra la ceinture. Elle prit une profonde inspiration et ouvrit la porte d'un mouvement brusque.

Dans la pénombre du palier, Elise vit Liam sursauter, l'air gêné. Il lui sourit néanmoins. Elle attendit patiemment qu'il prît la parole.

— Bonsoir. Excusez-moi de vous déranger. Je… Je tenais à m'excuser pour ce matin. Je sais que j'ai été très grossier, mais j'avais une urgence, même si cela n'excuse pas ma conduite.

Elise le regarda, interloquée. Avait-il vraiment besoin de la déranger sous un prétexte aussi mince ? Il n'avait, de plus, aucune raison de se justifier auprès d'elle. Elle se revit le matin même, guettant les bruits à l'étage du dessous pour sortir en même temps que lui afin de le croiser. Elle avait prétexté n'importe quoi, elle aussi, pour le voir. « Ce n'est peut-être que cela », pensa-t-elle. Elle n'était pas certaine de vouloir connaître ses motivations ni ce que cachait son attitude. Elle répondit néanmoins ce que lui dictait la plus élémentaire des politesses.

— Je vous en prie, je n'y pensais même plus.

Liam continuait à la fixer.

— Et bien, voilà je voudrais vous inviter à dîner pour m'excuser.

Elise s'exclama :

— Mais vous n'avez pas besoin de vous excuser, je vous assure ! Elle s'arrêta net, comprenant soudain.

— Je suis désolée, fit-elle au bout d'un instant. Je ne sais pas… Enfin…

— Ça ne fait rien. Je m'excuse de vous avoir dérangée.

Reculant de quelques pas, il lui adressa un petit sourire contraint, puis redescendit les escaliers. Elise entendit sa porte se refermer doucement. Elle retourna sur son canapé.

Son petit coin de détente, avec ses coussins, sa lampe d'appoint qui projetait une douce lumière, lui parut tout d'un coup plus chaleureux encore, en pensant que, juste en dessous d'elle, Liam lui aussi s'installait sans doute pour la soirée. Cela parut étrange à Elise de penser qu'elle venait de décliner un rendez-vous, alors qu'ils vivaient si près l'un de l'autre. Elle se sentit idiote à l'idée qu'elle avait tenté, le matin même, de le rencontrer par hasard afin d'aller à la pêche aux informations, pour, le soir, refuser une occasion de passer une soirée à discuter avec lui.

Cette nuit-là, Elise dormit très mal : elle se retourna dans son lit pendant des heures. L'air restait étouffant, malgré les fenêtres ouvertes et les stores relevés. Elle se leva à plusieurs reprises, pour s'asperger le visage, la nuque et les avant-bras d'eau fraîche. Mais son cerveau était davantage encore que son corps en ébullition. Elle avait pensé, la nuit précédente, avoir résolu l'énigme. Elle n'était plus aussi sûre d'elle-même à présent. Comment détenir des certitudes face à l'énormité de la situation ?

Tous les événements de ces dernières semaines se mélangeaient, semant la confusion dans son esprit. Franck, le jeune Franck, son insignifiant voisin d'autrefois. L'homme en costume sombre de la crypte, qui lui ressemblait. Les bougies près des victimes. Le couteau. Les rêves. « L'intelligence est la capacité à établir des liens, se répéta-t-elle pour la énième fois. Distinguer des liens là où les autres n'en voient pas. Suis-je assez intelligente pour les voir ? »

Elle se leva brutalement. Elle devait coucher ses idées sur le papier, les expulser d'elle, espérant que les voir écrites noir sur blanc l'aiderait à clarifier son raisonnement. Elle fouilla dans le tiroir de son bureau, en tira un bloc. Elle déchira une feuille et commença à tracer une sorte de schéma, d'équation brouillonne :

X = le tueur (s'il s'avère qu'il s'agit d'un seul individu).

A = Alan, l'inconnu de la crypte.

F = Franck, mon ancien voisin.

y = ce qui pourrait lier Franck à Alan. Et Alan au tueur...

Alan. Elle sentait de manière impérieuse qu'elle devait retrouver cet homme, ne fût-ce que pour s'assurer qu'il s'agissait bien de Franck, ce dont elle doutait encore. Sinon elle perdrait la raison. Elle fixa d'un air lugubre la feuille où elle avait inscrit le fruit de sa réflexion. Sa charade ne voulait rien dire. Y. Elle savait ce que représentait Y. Le lien. Le seul lien possible, sans lequel tout l'échafaudage s'effondrait. Mais si elle avait raison, ces trois hommes n'en étaient en réalité qu'un seul. Un seul homme, très, très dangereux.

Elle froissa le papier qu'elle jeta dans la corbeille d'un geste impatient. Puis, elle prit sa tête entre ses mains, se frotta le cuir chevelu comme pour en faire sortir une idée lumineuse. La lumière. Les cierges. Il ne les achetait pas, bien entendu. Il les dérobait lors de ses « pèlerinages ». Comme des trophées. Il hantait les églises. Elise le traquerait dans ses repaires. Alors qu'elle formait dans son esprit cette résolution, elle n'eut pas une seconde conscience des risques encourus. Elle le trouverait.

XI

Alors, dès le lendemain, Elise sortit de bonne heure, un plan de Lyon en poche et marcha. Elle marcha comme jamais dans sa vie. Elle déambula, circula, trotta, gambada ou flâna, selon son degré de fatigue et son humeur. Tous les jours, pendant des heures, elle parcourait la ville sous le soleil accablant de juillet. Elle changeait régulièrement de trottoir, rasant les murs pour tenter de se réfugier dans l'ombre qui, aux heures les plus chaudes, se faisait rare et courte. Sans doute de fort mauvaise humeur, l'astre du jour tapait avec rage sur le bitume, envoyant ses rayons meurtriers, faisant ressortir des odeurs tièdes, suffocantes, qui donnaient à Elise la sensation d'être propulsée au cœur du couloir de la chimie. Ses pieds se mirent à saigner dans ses ballerines fragiles, inadaptées aux longues marches. Elle mettait chaque soir des pansements sur ses blessures. Et elle y retournait le lendemain. Elle était mue par une force qu'elle ne contrôlait pas, qui lui semblait remonter du plus profond d'elle-même. Elle avait de nouveau seize ans et poursuivait de ses assiduités un chauffeur d'autobus. Elle avait toujours vingt-trois ans et elle cherchait à surprendre Alex en mauvaise compagnie. Elle aurait bientôt trente-huit ans, et elle traquait Franck. Elle hantait la vieille ville, ses ruelles, ses montées, fuyant la foule bruyante attablée aux terrasses de cafés, lui préférant la solitude des pierres.

Elle effectua un repérage systématique et rigoureux de toutes les églises du Vieux-Lyon et de la Presqu'île, qu'elle avait au préalable recensées de manière exhaustive. Elle conservait cependant ses lieux de prédilection, où elle se rendait presque chaque jour. Saint-Nizier, au cœur de la Presqu'île, une gracieuse église gothique aux flèches asymétriques, un de ses monuments préférés. Saint-Martin d'Ainay, la vénérable basilique, à la poignante beauté romane. Dans la fraîcheur bienfaisante des églises, elle scrutait la pénombre, cherchant toujours à apercevoir de nouveau, comme dans un rêve, l'inconnu en costume sombre. Elle était, bien entendu, retournée dans la crypte sous la basilique de Fourvière plus souvent qu'ailleurs. Elle restait des heures immobile, à fixer la statue de Notre-Dame de Fatima, au pied de laquelle elle l'avait aperçu pour la seule et unique fois. Comme si elle pouvait, par la force de son invocation silencieuse, provoquer l'apparition d'Alan.

Au cœur de cette quête effrénée, les haltes dans les édifices religieux lui offraient également l'occasion de se reposer un peu. S'assurant au préalable que personne ne la regardait, elle enlevait avec discrétion ses ballerines et posait ses pieds gonflés sur le sol. Le contact froid des dalles de pierre sur ses plantes de pied douloureuses lui arrachait des soupirs de soulagement. Elle buvait ensuite quelques gorgées dans la bouteille d'eau qu'elle transportait toujours dans son sac. Quand l'eau était épuisée, ou si chaude qu'elle en devenait imbuvable, Elise s'arrêtait dans une boulangerie ou une épicerie pour acheter une canette de soda glacé. Les bulles et la caféine la remettaient quelques heures en mouvement. Chaque jour qui passait, elle percevait plus clairement l'urgence de la situation. Chaque heure qui s'écoulait, elle le savait, le prochain meurtre se rapprochait.

L'angoisse enflait dans la ville. Des CRS quadrillaient ostensiblement le Vieux-Lyon, à la grande stupéfaction des touristes étrangers. Les médias étaient surchauffés, des articles de plus en plus acides sortaient dans la presse chaque jour, critiquant violemment l'enquête en cours. Comment, à l'ère de la police scientifique, de l'ADN roi, de la vidéosurveillance à tous les coins de rue, un criminel sévissant sur la voie publique pouvait-il ainsi passer à travers les mailles du filet ?

Les services de police, ainsi mis en cause, s'étaient défendus avec raideur, soulignant que toutes les ressources possibles avaient été allouées à cette enquête prioritaire. Quant au procureur, il avait lors d'une conférence de presse opposé un démenti formel aux informations données par la prétendue « source proche de l'enquête ». Il était donc impossible d'avoir la certitude qu'un cierge avait bel et bien été déposé auprès des victimes. Mais pour Elise, aucun doute n'était permis. Un tel détail ne pouvait s'inventer.

Un mardi, elle s'était rendue sur les lieux de chaque meurtre. Elle avait fini par repérer la mystérieuse villa qui trônait au sommet de la montée des Carmes déchaussées, là où commençait le chemin de Montauban. Peut-être s'agissait-il d'une erreur de localisation des journalistes, d'ailleurs. Elle était restée longtemps, recueillie, essayant d'imaginer le même décor en pleine nuit, le tueur à l'affût, guettant sa proie, et Laetitia, la jeune femme drôle et vive qui avait vu sa vie se terminer d'une manière aussi absurde.

Puis elle avait mis ses pas dans ceux d'Irène, empruntant la rue Juiverie, où aboutissait la ruelle Punaise, un ancien égout à ciel ouvert, cerné de murs lépreux. C'était donc là, dans ce lieu sordide et sombre, que l'existence d'Irène s'était achevée.

Elle avait ensuite, comme bon nombre de touristes, traversé le pâté de maisons desservi par la grande traboule, entre la rue du Bœuf et la rue Saint-Jean. Le passage reliait quatre petites cours, intimes et calmes. En pleine nuit, il avait dû être facile de surprendre Sonia.

Elle ignorait en revanche où avait été tuée Emeline. Emeline était le blanc de cette histoire, son angle mort. Tuée en plein jour, de plusieurs coups de couteau. Ce qui démontrait que l'on n'était pas même à l'abri au milieu de la foule des touristes. A cette pensée, Elise avait été prise de frissons. Se sentant tout à coup épiée, elle avait tourné la tête, angoissée. Elle n'avait vu personne excepté un couple de vieux touristes allemands, qui explorait le passage, un guide à la main. Elle avait alors tenté de se raisonner, honteuse de son voyeurisme, et en même temps attirée, fascinée par cette histoire qui faisait écho d'une manière si singulière en elle.

Puis, remise de sa frayeur passagère, elle avait poursuivi sa randonnée urbaine, s'élevant au-dessus des pavés et des cours sombres et fraîches, humant l'air parfumé, admirant par des détours de chemin les vues spectaculaires sur la ville, depuis la montée des Chazeaux ou celle du Gourguillon.

Elles avaient si souvent sillonné la ville ensemble ce printemps-là, Alex et elle, insouciantes et légères, heureuses peut-être pour la première fois de leur vie. Elles visitaient les églises et les musées, entraient dans les boutiques de disques d'occasion, parcouraient le Vieux-Lyon le nez levé, admirant les façades, et finissaient toujours, tôt ou tard, par se retrouver à leur repère, leur refuge : la colline qui prie, Fourvière. Elles exploraient les coins secrets du jardin du Rosaire, s'enivraient de la beauté des roses et des hortensias, contemplaient l'architecture des lieux tout en regrettant que le vaste édifice n'ait pas été complètement achevé, comme en témoignaient les ébauches de statues d'angelots sur les piliers de la crypte et le chevet de la basilique.

Une seule et unique fois, dans leur ivresse et leur soif d'élévation, elles étaient montées dans la tour nord-est, alors accessible au public. Elles avaient payé les dix francs demandés pour l'ascension et s'étaient lancées à l'assaut des marches. Tout en haut, la vue était vertigineuse, la sensation d'être près du ciel intense. Le vent soufflait fort sur l'étroit belvédère, où seule une poignée de personnes pouvait tenir ensemble. La proximité de la statue de l'archange Saint-Michel terrassant le dragon, campé sur le sommet de l'abside, en contrebas, ajoutait à la magie du lieu. Elles étaient restées là deux heures, laissant les touristes venir, puis repartir, tandis qu'elles demeuraient là, ivres de bonheur, n'ayant qu'Eux dans leurs esprits et leurs cœurs.

Pendant quelques courtes minutes, elles s'étaient retrouvées seules et elles avaient alors entonné, de concert, leur chanson préférée, la seule qui s'accordait à ce lieu et à leurs sentiments de toute puissance. Tel Leonardo à la proue du Titanic, elles avaient rejeté leurs têtes en arrière, les bras en croix, puis elles avaient chanté, emplies d'une profonde ferveur. Et, le vent soufflant dans leurs cheveux, sentant que rien ni personne ne pourrait jamais les séparer, elles avaient embrassé la ville de leurs bras, la dominant tout entière.

XII

Lyon, le 18 mars 1999

Hello « Sad Lisa »,

Tu dois être surprise d'avoir de mes nouvelles après tout ce temps ! Oui, j'avoue que je n'ai pas été très présente. J'avais des affaires à régler, et besoin de prendre du recul sur ma vie, pour réfléchir. J'ai traversé des moments pas très amusants, comme tu as pu t'en apercevoir lorsque tu m'as gentiment rendu visite. Mais maintenant, je remonte la pente. J'ai mis du temps à faire le deuil de mes projets d'avenir.

Je voulais te remercier d'avoir pris de mes nouvelles, et de ne pas m'avoir laissée tomber. De plus, j'ai une bonne nouvelle à t'annoncer. J'ai enfin trouvé un emploi pour dix mois, dans une bibliothèque. Je travaille trente heures par semaine. C'est un bon début. Je dispose de tous mes jeudis de libre et, si tu veux, on pourrait se retrouver de temps en temps, pour boire un verre ou même pique-niquer à l'extérieur. Il commence à faire beau, ce serait agréable.

On pourrait se retrouver jeudi prochain, à 10 heures ?

A très vite.

Alex

Ce courrier fut pour Elise, qui, depuis des mois, végétait, solitaire, sans projet, dans sa chambre devenue trop petite pour elle, une oasis inattendue. Folle de joie, elle relut à plusieurs reprises la lettre d'Alex, tout en l'examinant. Le papier à lettres, plutôt épais, de qualité. La jolie écriture, toute en boucles, à l'encre violette. Tout cela était du pur Alex, elle avait le souci du détail, et savait rendre précieux, par de petites attentions, un simple courrier. Elise en aurait été bien incapable. Elle se serait contentée de téléphoner, ou, au mieux, aurait rédigé sa missive sur une page de cahier, avec un banal stylo-bille. Elle ignorait comment rendre l'ordinaire plus beau.

Elise sourit. Sad Lisa. Alex n'avait pas oublié. Elle avait surnommé Elise ainsi lors de leur première année à la faculté, en hommage à une chanson de Cat Stevens qu'elle aimait tout particulièrement et qu'elle avait tenue à lui faire découvrir.

— Tout de même, avait protesté Elise, je ne suis pas si sinistre.

Alex avait souri, à sa manière habituelle, énigmatique et insaisissable :

— Non, tu n'es pas si triste que moi, en fin de compte. Mais toi tu ne sais pas le cacher.

Plus de deux ans après la fin de leurs études communes, elles se virent donc de nouveau régulièrement. La complicité qui les avait unies à l'université ne s'était pas affaiblie. Elise apprit par cœur les nombreuses lettres qu'Alex lui écrivit ce printemps-là, et les conserva comme des trésors.

Quand elle se sentait seule, elle les sortait de leur cachette, au fond du tiroir de son bureau, dans l'attente fiévreuse du prochain rendez-vous avec sa sœur, sa meilleure amie, son double, sa jumelle. Maintenant qu'Alex était revenue dans sa vie, elle s'en sortirait, c'était certain.

Lyon, le 26 mars 1999

Hello Lisa,

C'était sympa notre petite virée hier ! Bon, c'est vrai, il n'a pas fait très beau. Je me suis peut-être un peu emballée quand j'ai vu les premiers rayons de soleil. Mais je suis restée enfermée tout l'hiver à ruminer, je ne sais pas comment j'ai tenu. Maintenant que je travaille, je veux profiter de mes jours de liberté ! En tout cas, encore merci, ça fait du bien d'avoir quelqu'un qui m'écoute vraiment, et qui m'accepte comme je suis. N'oublie pas que de mon côté je suis là, aussi, si tu veux parler. J'imagine que ça ne doit pas être très agréable de rester toute seule sans rien faire ! J'ai connu ça... A très vite !

Alex

Elise soupira en regardant par la fenêtre de sa chambre le paysage détrempé. Il pleuvait encore. Quelle tristesse. Depuis le samedi précédent, elle écoutait sans discontinuer de vieux albums de Supertramp, et cela n'arrangeait pas son humeur. Le point positif était qu'elle jouissait de l'appartement pour elle seule. Ses parents s'étant enfin décidés à prendre leur retraite début février, ils s'étaient précipités à la campagne pour bêcher leur cher jardin. Elise n'avait pas souhaité les accompagner. Non seulement elle ne s'intéressait pas au jardinage, mais elle était, de plus, censée rester à Lyon pour rechercher activement un travail. Elle retourna s'avachir sur son lit. Avec ce temps, elle n'avait l'énergie de rien. Heureusement qu'Alex lui écrivait.

Lyon, le 29 mars 1999

Alors, comment vas-tu depuis la semaine dernière ? J'ai une grande nouvelle à t'annoncer : je ne voulais pas t'en parler l'autre jour, car j'attendais d'être sûre. Mais maintenant, je peux te le dire : j'ai déposé un dossier pour la location d'un appartement et il a été accepté. Et oui, je vais avoir mon chez-moi ! Finie la petite chambre chez papa-maman ! Bien sûr, ce n'est qu'un studio, mais c'est déjà magnifique, tu ne trouves pas ? Il fait 20 m2 de superficie, le double de ma chambre ! J'ai hâte de l'aménager et de recevoir enfin chez moi ! J'aurai les clés la semaine prochaine, et je vais commencer à préparer mes cartons ce week-end. Je t'en dirai plus lorsqu'on se verra jeudi !

Bises

Alex

Lorsqu'elle lut ces lignes pour la première fois, Elise fut envahie de sentiments mêlés. De la joie, à l'idée de l'indépendance d'Alex, qui signifiait qu'elles n'auraient plus ses parents sur le dos. Elles ne se cloîtreraient plus dans la chambre de cette dernière pour discuter et écouter de la musique. D'un autre côté, elle ressentit une pointe d'envie, à l'idée qu'Alex s'en sortait mieux qu'elle. Elle se jugeait quant à elle bien incapable d'acquérir son indépendance. Elle tâcherait cependant de faire bonne figure et de soutenir son amie, puisque c'était son rôle. Et elle était certaine qu'Alex l'aiderait et la soutiendrait aussi lorsque serait venue l'heure de prendre son envol.

Lyon, le 6 avril 1999

Hello Lisa,

Alors, c'était sympa l'autre jour, tu ne trouves pas ? Je te remercie pour le service à café, il est vraiment très joli. J'ai encore besoin de pas mal d'ustensiles et d'objets du quotidien, mais je monte mon « trousseau » petit à petit ! Je déménage ce samedi, ça y est ! Je t'invite chez moi jeudi de la semaine prochaine, tu verras mon petit « nid » (ce jeudi, bien sûr, c'est impossible de se voir, je suis en plein dans mes cartons, et je n'ai que ce jour-là, avec mon travail...) Enfin, pour en revenir au jeudi 15 : pour une fois, pas de balade, on prendra le thé chez moi, j'ai des vidéos géniales (et oui, mes parents m'ont offert un magnétoscope) à te montrer de Depeche Mode, je pense que tu vas apprécier !

A très vite, bises.

Alex

Elise regardait la pluie tomber d'un air lugubre. Cette maudite pluie qui n'arrêtait pas. « Si cela continuait à cette cadence-là, il faudrait songer à construire une arche », pensa-t-elle avec amertume. Alex avait bien de la chance d'avoir un projet qui la maintenait occupée et enthousiaste. Elise leva les yeux au ciel en direction des nuages sombres et gorgés d'eau. Elle se sentait bien incapable de s'enthousiasmer pour quoi que ce fût.

Lyon, le 12 avril 1999

Hello Lisa,

Finalement, je vais remettre notre rendez-vous. Ça ne va vraiment pas ces temps-ci, j'ai mes idées noires qui me reprennent. J'ai l'impression que les ténèbres se referment sur moi, et je n'ai plus la force de faire quoi que ce soit. Je suis épuisée depuis le déménagement, je n'ai pas eu le temps de ranger toutes mes affaires, à cause de ce travail qui me prend tout mon temps. J'écoute les chansons de Depeche Mode sans arrêt, je sais, ce n'est pas bon pour mon moral, mais je n'ai plus envie que de ça ! Heureusement qu'Ils sont là, et toi aussi. Je n'ai plus qu'à attendre que ma déprime passe, elle finit toujours par passer de toute façon. Je te ferai signe très vite. A bientôt.

    Alex.

Depuis les premiers temps à la faculté, Elise avait eu du mal à supporter les sautes d'humeur d'Alex. Elle ne les avait jamais compris et n'avait jamais cherché à les comprendre. Alex avait tout pour elle, elle. Comment pouvait-elle se plaindre ? Elle était, de plus, exaspérée par sa manie fréquente de décommander sa venue au dernier moment, soufflant le chaud et le froid, comme si Elise se devait d'être à sa disposition. Elle haussa les épaules, tentant de relativiser. Alexandra était son amie, après tout, et elle serait son soutien, même si ces périodes de dépression où elle ne voulait voir personne privaient Elise d'une journée agréable. En attendant, elle ferait comme Alex. Elle fermerait les volets de sa chambre et écouterait Depeche Mode. Ce serait comme si elles étaient ensemble.

Lyon, le 26 avril 1999

Hello Lisa,

    Enfin, ça va mieux !! Je suis déchaînée ces jours-ci. J'ai adoré notre après-midi de délire à regarder les clips et les concerts de DM !! Ça m'a vraiment remonté le moral, de rire ainsi comme une folle ! Tu n'as pas l'impression toi aussi qu'on est tous ensemble, Eux et nous, et que rien ne pourra nous arriver ?? Je suis tellement obsédée par Eux en ce moment que j'en rêve même la nuit !! J'espère que tu vas finir par acheter toute leur discographie (nous pourrons peut-être nous en occuper lorsque nous retournerons dans une boutique de disques d'occasion : tu ne peux pas vivre sans leur album de 1993, qui est sombre et fascinant à souhait !!!) Je dois malheureusement te quitter déjà, mon travail m'attend, (et je vais poster ce courrier sur le trajet, pour que tu le reçoives dès demain). A très bientôt pour un nouveau délire !!! En attendant Londres !!!! Et maintenant qu'il fait beau, que le printemps est enfin, là, on va pouvoir passer tous nos jeudis dehors, en plein air. Ça te fera du bien au moral, tu verras.

Gros bisous,

Alex

***

Londres. Alex avait menti. Elle n'avait jamais eu l'intention de l'emmener là-bas. Lentement, Elise referma le classeur. Elle le déposa avec soin dans le carton, poussa celui-ci sous le lit. « Cela suffira pour ce soir », pensa-t-elle. En se levant, elle grimaça. Elle était restée assise en tailleur pendant deux heures sur le plancher de sa chambre. Emportée par ses souvenirs, elle n'avait pas vu le temps s'écouler.

Les lettres d'Alex, elle n'avait pu à l'époque se résoudre à les détruire. Même après l'événement. Elle n'avait pas essayé de les cacher. Bien au contraire. Elle les avait mêlées aux cartes d'anniversaire de son enfance, aux rares cartes postales qu'elle avait reçues de lointaines cousines pendant leurs vacances à l'étranger, aux gentils mots accompagnant les cadeaux que lui faisaient ses parents, à Noël. Toute sa richesse.

Mais personne n'était jamais allé fouiller dans sa boîte à trésors. Lorsqu'elle prit un appartement, elle enferma tous ses souvenirs dans un carton, qui ne devait être ouvert que des années plus tard.

XIII

Il fallait se rendre à l'évidence : elle ne trouverait pas Franck ainsi, en parcourant comme une dératée les vieux quartiers dans l'espoir infime de le rencontrer par hasard. Dans une grande agglomération, les chances de tomber sur une personne en particulier étaient statistiquement minces. Elle l'avait toujours su, mais ces faibles probabilités ne l'avaient pourtant pas arrêtée : elle avait eu le sentiment d'agir, plutôt que d'attendre sans rien faire, impuissante.

Après de longues années à rester cloîtrée, chez elle ou au bureau, elle avait apprécié de se promener, de se mêler au monde, de prendre le temps de redécouvrir sa ville. La marche avait apaisé ses angoisses. Elle avait ressenti un bien-être inhabituel lorsqu'elle rentrait, éreintée, chaque soir. Après une douche revigorante, elle s'installait sur son canapé avec un bon livre, sirotant un soda, l'esprit apaisé. Comme cette détente était différente de la sensation d'engourdissement, mêlée de culpabilité, qu'elle éprouvait lorsqu'elle ne sortait pas ! Pendant ses promenades, elle avait joint l'utile à l'agréable, jouant à la touriste. Elle s'était redécouvert un sens artistique, avait recouvré en partie l'œil de la dessinatrice, lorsqu'elle cadrait dans le viseur de son appareil photo des points de vue inhabituels sur la ville. Elle savait qu'elle prendrait plaisir à admirer, lors des longues soirées d'hiver, ses photographies sur son ordinateur. Tandis qu'elle allongeait ses pieds sur la table basse du salon, dans une attitude de relaxation totale, elle était forcée d'admettre qu'elle n'avait pas passé d'aussi agréables vacances depuis fort longtemps.

En dépit de ce sentiment d'autosatisfaction confortable, elle n'oubliait pas que Franck était toujours là, quelque part, et qu'il la narguait par son absence. Elle sentait que, pour aller au bout de la mission qu'elle s'était fixée, elle ne pouvait pas renoncer dès les premières difficultés. Il lui restait une dernière carte à abattre. Une carte qu'elle avait voulu jouer trop tôt dans la partie. Le moment était à présent venu. Ce jeu pourrait certes s'avérer dangereux, mais, en y pensant, son cœur s'accélérait. Elle ne pouvait résister à la tentation de se sentir de nouveau si vivante.

Ce vendredi soir-là, ce fut au tour de Liam d'être surpris par un coup de sonnette. Il était déjà vingt-deux heures, mais il venait tout juste de réintégrer son logement surchauffé. Lorsqu'il ouvrit sa porte, Elise se trouvait derrière elle. La fraîcheur bienfaisante de la cage d'escalier s'engouffra dans l'appartement, créant un courant d'air salutaire. Le palier n'était pas éclairé et seul le visage de sa voisine, par sa pâleur, ressortait de la pénombre.

— Bonsoir, se contenta-t-elle de dire en regardant ses pieds.

Elle leva les yeux, hésitante, le vit qui la fixait, toujours avec cette expression semblant la capturer tout entière. « Cela n'avait pas de sens », pensa-t-elle. Elle n'avait jamais agi ainsi. De quoi aurait-elle l'air, à se jeter ainsi à sa tête ? Puis elle se rappela qu'il avait fait le premier pas quelques jours plus tôt, et avait bravement essuyé un refus. C'était son tour. Elle s'éclaircit la voix avant de se jeter à l'eau, en une piètre improvisation :

— Je m'excuse de vous déranger. Je voulais juste vous dire que si vous étiez toujours d'accord pour dîner avec moi un de ces soirs, cela me convient. Je pensais justement à un restaurant hongrois. C'est une curiosité, le seul de Lyon et il a de bonnes critiques. Je n'y suis jamais allée.

Liam parut surpris, mais il se ressaisit et accepta l'invitation, avec simplicité et naturel. Après quelques hésitations, ils fixèrent le rendez-vous pour le lendemain soir. Elise lui donna le nom du restaurant et Liam s'engagea à réserver une table pour vingt heures.

— En terrasse, si c'est possible, ajouta-t-elle.

Le restaurant était situé dans le Vieux-Lyon, ce qui arrangeait bien les affaires d'Elise. Elle espérait toujours tomber sur Franck au moment où elle ne le chercherait pas.

Lorsqu'elle eut refermé la porte de chez elle, l'énormité de son action lui apparut clairement. Tandis qu'elle revêtait de nouveau sa tenue d'intérieur, elle se demanda comment le policier interpréterait ce mouvement vers lui. Des avances ? Non, il fallait être aimable et distante à la fois, en étant prudente sur ce qu'elle pourrait lui livrer tout en essayant de lui soutirer le plus d'informations possible. Cela promettait d'être un bel exercice d'équilibriste. Elle n'était pas sûre de posséder le doigté et les compétences sociales pour parvenir à une telle manipulation. Perturbée, vaguement dégoûtée d'elle-même, elle s'endormit avec difficulté.

Elise passa un samedi détestable, recluse dans son appartement, anxieuse à la pensée du rendez-vous du soir. Elle tournait en rond, prenant un roman policier, le reposant. Pour calmer sa nervosité, elle sortit de son sac à main le joli carnet de couleur violette qu'elle avait acheté dans une papeterie. Elle reporta sur la première page la curieuse équation qu'elle avait brossée un soir d'insomnie.

SI F = A, et considérant y, alors F = X ? Elle soupira. Cela ne voulait rien dire. N'ayant pas l'esprit logique, Elise avait toujours eu horreur des mathématiques, et les mathématiques le lui avaient toujours bien rendu.

Elle nota ensuite une liste sur la deuxième page :

- Emeline Granger, vingt-neuf ans, bibliothécaire. Premier meurtre, en avril.

- Laetitia Dumas, vingt-sept ans, coiffeuse.

- Irène Valenti, vingt-huit ans, secrétaire médicale.

- Sonia Caillot, vingt-trois ans, étudiante en droit.

Elle s'arrêta, déjà à court d'inspiration. En levant les yeux vers la pendule, elle vit qu'il était l'heure de se préparer. Elle se dirigea dans la chambre d'un pas traînant.

Pour ce dîner au restaurant, elle avait décidé de ne pas s'apprêter. De toute façon, elle ne possédait aucun maquillage et sa garde-robe était des plus simples. Elle serait seulement elle-même. Ainsi, Liam ne se mettrait pas d'idées saugrenues en tête. Ils avaient convenu de se retrouver devant le restaurant, Liam ignorant à quelle heure il quitterait le travail. Elise revêtit une robe longue et fluide à volants, de couleur bleue électrique, qui présentait l'immense avantage d'arriver juste au-dessous du genou. Elle se contorsionna pour parvenir à remonter la fermeture Éclair. Electrique. Eclair. Elle sourit nerveusement. Pourvu que cela ne fût pas de mauvais augure pour la soirée.

Elise arriva un quart d'heure en avance. En attendant Liam, elle arpenta nerveusement la rue devant le restaurant, tout en se demandant si le policier avait pu obtenir une table à l'extérieur. La terrasse était toute petite, ce coin du Vieux-

Lyon offrant peu de place pour déployer sur la voie publique tables et chaises. Tandis qu'elle faisait les cent pas, les yeux fixés sur ses sandales blanches, elle gardait les bras croisés devant elle, un gilet pendu à son poignet droit. Le gilet n'était pas nécessaire, compte tenu du climat caniculaire qui régnait encore à cette heure de la journée entre les murs de la vieille ville. Mais la température pouvait baisser à la tombée de la nuit. Elle se sentait de plus un peu réconfortée quand elle pouvait garder devant elle, tel un bouclier, un morceau de tissu familier et doux. Sous l'effet de l'appréhension, ses doigts dissimulés par le gilet se tordaient convulsivement et ses ongles s'enfonçaient dans sa chair.

Elle aperçut Liam de loin et un sentiment de panique lui donna envie de partir en courant avant qu'il ne l'ait remarquée. Elle baissa la tête, faisant mine de pas l'avoir vu, continuant à arpenter la rue. Elle pourrait peut-être lui annoncer qu'elle souffrait d'une migraine atroce et qu'elle se sentait trop mal pour rester. Mais elle n'eut pas le temps d'échafauder une excuse valable. En quelques enjambées, il se retrouva devant elle. Il était vêtu simplement, de manière décontractée, portant comme à son habitude un jean et une paire de tennis. Mais il avait sans doute eu le temps de retourner chez lui pour se changer, car il arborait également une chemise blanche, repassée avec soin, qui changeait de ses polos noirs habituels.

— Bonsoir, lui fit-il avec un grand sourire, en esquissant un geste pour l'embrasser sur la joue.

Stupéfaite, Elise eut un mouvement de recul involontaire. Alors, c'était ainsi que cela fonctionnait ? Il prenait ses aises, devenait familier ? Peut-être proposerait-il de la tutoyer ? De nouveau, une vague nausée saisit Elise.

Liam ne devait pas se mettre en tête qu'il s'agissait d'un rendez-vous galant. Ils passaient simplement un moment courtois et cordial entre voisins. Rien de plus. Mais rien de moins non plus. Elise comprit qu'elle devrait tout de même se faire un peu violence, pour tracer la ligne de démarcation tout en restant aimable.

— Bonsoir, lui répondit-elle, avec un franc sourire.

Elle le fixa dans les yeux et lui tendit la main. Il la serra, un peu décontenancé. Mais il ne semblait pas être du genre à se laisser abattre. Il souriait toujours, lorsqu'il l'accompagna jusqu'à l'entrée du restaurant. Un homme d'âge mûr, vraisemblablement le patron, les accueillit avec quelques mots de bienvenue. Il les informa qu'ils avaient eu de la chance d'obtenir une place en terrasse, quelqu'un ayant décommandé le matin même.

— D'ordinaire, les gens n'ont pas la courtoisie élémentaire de prévenir, ajouta-t-il en bougonnant.

Il les mena jusqu'à leur table, située à moins de cinquante centimètres de celle d'un couple qui fumait abondamment.

— Serait-il possible de changer ?

Elise désigna du regard l'extrémité de la terrasse, où une table tranquille, sans voisine, paraissait presque abandonnée.

Le patron parut un instant contrarié, mais il les mena néanmoins à l'endroit souhaité. Il leur remit les menus et disparut aussitôt à l'intérieur. La table était petite, carrée, et recouverte d'une nappe à carreaux rouges et blancs tenue par des pinces en plastique. Les chaises, également en plastique, étaient bancales sur les pavés irréguliers de la rue. Elise jugea néanmoins le coin charmant pour dîner à l'extérieur.

— Je suis désolée, fit-elle avec un petit sourire, mais je voulais vraiment changer. Je suis allergique à la fumée de cigarette… Vous fumez ?

— Non, répondit-il, trop vite. Il reprit : j'ai arrêté il y a deux ans.

Ils ouvrirent tous deux leur menu en même temps, s'y plongèrent sans prononcer un mot pendant quelques minutes. Elise sentait le policier tendu, et elle songea que lui aussi regrettait peut-être ce rendez-vous. Le patron vint faire diversion, à son grand soulagement. Il leur proposa un apéritif maison, avec ou sans alcool.

— Avec ! répondirent-ils à l'unisson, et ils se regardèrent en souriant, soulagés de sentir la tension s'apaiser.

Lorsque les coupes furent posées sur la table, Elise dut se retenir pour ne pas boire en une gorgée le contenu du verre d'où se dégageait une attirante odeur fruitée. Ils trinquèrent, trempèrent en même temps leurs lèvres dans la liqueur. L'alcool aidait toujours Elise à se détendre. Elle en constatait déjà l'effet après les premières gouttes. Elle se sentit tout à coup satisfaite d'être là ; elle n'allait jamais au restaurant. Cette soirée était en quelque sorte l'unique événement « mondain » auquel elle ait pris part depuis très longtemps. Elle n'entendait pas le gâcher par une atmosphère tendue. Décidée à briser la glace, elle se lança, un peu hésitante :

— En fait, je ne sais pas si la nourriture sera bonne. Je ne suis jamais venue dans ce restaurant. Mais il y a longtemps que je voulais l'essayer. Vous connaissez la cuisine hongroise ?

Liam eut un sourire :

— Non, pas du tout. Il faut dire que c'est une rareté. Mais ça n'a pas l'air mauvais du tout. C'est bien de goûter à de nouvelles spécialités. J'adore la nourriture exotique, même si en principe mes préférences vont plutôt vers la cuisine indienne ou créole.

Ils continuèrent à discuter ainsi sur le menu, jusqu'à ce que le patron vînt noter leur commande. Ils optèrent pour une formule découverte à laquelle ils ajoutèrent une bouteille de vin de Tokay. « Une étape de passée, se dit Elise, en guise d'encouragement. Ensuite, quand nous mangerons, nous aurons moins besoin d'entretenir la conversation. »

Elle espérait de tout cœur que la réputation du restaurant n'était pas usurpée. Rien en effet ne la mettait plus mal à l'aise que de manger un triste repas avec un convive que l'on connaissait à peine.

— C'est joli ici, fit Liam en levant les yeux vers les façades. Je n'ai pas vraiment eu le temps de visiter la ville depuis que je suis arrivé.

— Oh, vous n'êtes pas d'ici ?

— Non. Je vivais en région parisienne. J'ai été muté au printemps.

— Et vous avez choisi Lyon comme ça ?

Liam hésita un instant.

— En fait, non. Je venais rejoindre quelqu'un. Mais finalement, je me suis retrouvé tout seul au bout de quelques jours à peine.

Il eut un petit rire sec, amer.

— J'ai dû trouver en vitesse un logement, pas trop cher. Mais je ne sais pas si je resterai dans l'immeuble. Le quartier est une catastrophe pour se garer, et puis j'aimerais me rapprocher de mon lieu de travail.

Il s'interrompit un instant, avant de la regarder :

— Je suis affecté à l'Hôtel de Police dans le huitième arrondissement.

Les entrées furent servies avant qu'Elise ait eu le temps de répondre. Elle commença aussitôt à manger sa soupe froide à la cerise. Qu'aurait-elle pu dire de toute façon ? Oui, je sais que vous êtes policier, vous vous rappelez que Mme Vernay l'a dévoilé en votre présence ? Elle était venue pour l'entendre parler de son métier, et à présent elle ignorait comment amener la conversation sur le sujet qui l'intéressait. Elle avait loupé le coche, il était trop tard. Liam continua :

— Il n'y a que moi qui parle. Et vous, vous êtes lyonnaise ?

— Oui.

Elle s'arrêta, ne sachant pas quoi dire. Elle ajouta simplement, comme pour s'excuser.

— Je n'ai jamais vécu ailleurs. Je connais peu d'endroits de la France, en réalité. Paris, par exemple, je connais très mal.

Liam avait fini son entrée, qu'il avait dévorée en trois bouchées avides.

— Ce n'est pas mauvais du tout, un peu surprenant, c'est vrai, mais plutôt bon.

Il avait déjà vidé son verre de vin et s'en resservit un deuxième. Puis il reprit :

— Vous savez, je ne suis pas parisien. J'ai fui cette vie de fou. En fait, je suis de Normandie.

— Oh… Vous avez déjà beaucoup bougé…

— Oui, par la force des choses. Dans ma profession, les affectations se font souvent en région parisienne pour commencer. C'est un peu le baptême du feu. En fait, j'ai tenu six ans, bien plus que je ne l'aurai pensé au départ. Et puis, mon amie voulait revenir dans sa ville natale. J'ai attendu qu'elle ait sa mutation avant de demander la mienne. Nous sommes restés séparés six mois. Un peu trop longtemps, apparemment...

Il finit son deuxième verre, hésita un instant avant de le remplir de nouveau. Il proposa à Elise de la resservir mais elle refusa d'un signe de tête.

Entre eux, un silence paisible s'installa, cerné par les éclats de voix et les rires des tablées voisines. Elise ne savait quoi penser. Elle n'avait pas à s'affoler, cependant. Rien dans l'attitude de Liam ne laissait transparaître un quelconque intérêt pour sa personne. Son invitation initiale en était d'autant plus curieuse. Il laissait entendre qu'il était célibataire et disponible, lui posait des questions sur elle, mais il n'affichait cependant pas une attitude ambiguë. Par instants, une lueur de tristesse passait dans son regard serein, et Elise se dit qu'effectivement, c'était trop tôt, qu'il était encore en train de faire le deuil de sa relation, mais qu'il avait besoin d'amis.

Ils commencèrent le plat principal, un poulet au paprika accompagné d'une sorte de gnocchis hongrois dont Elise n'avait pas retenu le nom. En voyant Liam attaquer son assiette de bon appétit, elle se sentit soudain coupable à l'idée d'être allée au restaurant avec lui pour lui soutirer des informations. Informations qu'il ne possédait sans doute même pas et que, dans le cas contraire, il ne serait pas autorisé à divulguer. Elle se mordit la lèvre inférieure avec nervosité. Le moment était mal choisi pour être sentimentale. Elle reprit comme si de rien n'était le fil interrompu de la conversation :

— J'imagine qu'elle se plaignait de vos horaires ? Vous ne devez sans doute pas compter vos heures... surtout dans certaines circonstances...

— Quelles circonstances ? demanda-t-il, vivement.

Elise rougit.

— Et bien... avec ce qui se passe ces derniers temps. Enfin, ce dont les journaux ont parlé...

— Je ne m'occupe pas de ce type d'affaires.

La réplique était sèche, définitive. Liam s'était reculé sur sa chaise, délaissant son plat. Elise faillit s'écrier : « mais pourtant je vous ai vu vous précipiter dehors un bon matin, alors qu'on venait d'annoncer un nouveau meurtre ! », mais quelque chose dans l'expression de Liam l'arrêta. Elle n'aimait pas quand il la dévisageait de cette façon, comme s'il avait l'intention de lui faire un scanner mental. En la voyant ainsi surprise et un peu effrayée, il se reprit :

— Et vous, vous faites quoi dans la vie ?

— Rien de palpitant, en réalité. Je travaille dans l'administration, dans les bureaux. Je suis dans les papiers jusqu'au cou.

Elle avait ri, gênée, parce qu'au fond elle n'avait rien à dire de captivant. Elle occupait un poste sans intérêt, menait une vie terne et n'avait jamais voyagé. Comment pouvait-il apprécier sa compagnie ? Liam ne parut pas découragé.

— Et vous avez fait des études ici aussi ? Vous étiez dans quelle filière ? Laissez-moi deviner. Le droit.

Elise protesta d'une voix presque inaudible, sentant qu'elle s'engageait sur un terrain glissant.

— Non, pas le droit, je n'aime pas ça. J'ai…J'ai étudié la littérature…C'est intéressant, mais cela ne mène pas à grand-chose si l'on ne veut pas être prof.

— Vous n'aimez pas parler de vous, n'est-ce pas ?

Toujours ce regard sur elle. Elise déglutit, regarda son assiette à moitié pleine. Les gnocchis étaient terriblement bourratifs. Elle n'avait plus faim et aurait eu envie d'un autre verre. Et l'interrogatoire de Liam commençait à l'indisposer.

— Disons, reprit-elle plus sèchement, que je n'aime pas trop étaler ma vie privée, comme beaucoup le font malheureusement aujourd'hui. Je ne dis pas ça pour vous, je trouve juste qu'on devrait plus souvent être sur la réserve. Les gens de nos jours ne pensent qu'à se mettre en avant, à se prendre en photo à tout bout de champ et à poster sur Facebook leurs moindres états d'âme. Nous vivons dans une société de narcissiques forcenés.

Liam sourit de toutes ses dents, amusé :

— Là, je suis d'accord. J'ai un compte Facebook, mais je n'y vais jamais. Et je n'ai pas envie de prendre ma trombine en photo dix fois par jour.

Le repas se termina rapidement. Ils ne prirent ni desserts, ni cafés. Liam régla la note, malgré l'insistance d'Elise pour partager l'addition. Il lui proposa de marcher jusqu'à l'Hôtel de Ville, pour digérer et profiter de la douceur de la soirée.

La nuit tombait lentement. Les rues, dans ce quartier touristique, étaient encore noires de monde. Il lui semblait que l'atmosphère était détendue, malgré la menace diffuse qui planait sur le quartier. Mais Elise ne remarqua aucune femme se promenant seule. Elle nota surtout la présence de couples, ou de groupes d'amis de trois ou quatre personnes. « Il est plus sage de se promener en bande » pensa-t-elle.

Après ce copieux repas, elle se sentait curieusement apaisée. Elle s'était rendue au restaurant plutôt que de rester cloîtrée chez elle, avait réussi tant bien que mal à soutenir une conversation. Elle était dehors, comme tous ces gens, et elle aussi était accompagnée. Le gilet toujours sur ses mains croisées, elle marchait avec lenteur en regardant tout autour d'elle. Elle avait envie de prendre Liam par la main, pour profiter de cette ivresse légère et douce qui l'avait envahie. Elle soupira. Elle ne commettrait pas cette folie.

Tandis qu'elle observait d'un œil indulgent les passants qu'ils croisaient, elle songea que Franck était peut-être là, au milieu de cette foule joyeuse et insouciante qui flânait dans les rues ou s'attardait aux terrasses des restaurants. Mais son instinct lui soufflait qu'il n'en était rien. Franck était certainement chez lui, seul. Il n'inviterait pas une fille à dîner. Il devait se tenir à l'écart de toutes ces réjouissances.

Elise et Liam gagnèrent les quais de Saône d'un pas tranquille. Le soleil se couchait derrière la colline de Fourvière et nimbait les immeubles de l'autre côté du pont d'une douce lumière dorée, mettant en valeur les teintes chaudes des façades.

— C'est vraiment une belle ville, fit remarquer Liam alors qu'ils traversaient la Saône par la passerelle du palais de justice. Mais je ne compte pas rester très longtemps. J'aimerais retourner dans l'Ouest, plus près de ma famille. A Nantes ou Rennes, peut-être.

— Oh... oui bien sûr ; maintenant vous n'avez plus de raisons pour rester.

— En fait, j'aimerais surtout être plus près de l'océan. Mon père possédait un bateau, on faisait des balades. Je voudrais avoir le mien.

Le silence se fit de nouveau, qu'Elise rompit pour une dernière tentative, même si elle savait que c'était inutile :

— Je m'excuse d'avoir été indiscrète tout à l'heure. Je n'avais pas à vous poser de questions sur votre travail. Mais, pour être honnête, je reconnais que je suis inquiète.

Liam resta muet un moment tandis qu'ils longeaient les quais en direction de l'Hôtel de Ville. Il lui répondit alors qu'ils attendaient le bus qui allait les ramener sur la colline de la Croix-Rousse.

— Je ne pensais pas que vous étiez du genre à vous affoler pour des rumeurs. Les médias exagèrent toujours. Vous n'avez rien à craindre.

La conversation s'acheva sur cette réplique définitive. Un silence pesant les enveloppa alors jusqu'à leur retour dans l'immeuble. Ils se séparèrent sur le palier du troisième étage, se souhaitant brièvement une bonne fin de soirée.

Elise, enfin seule, laissa libre cours à son soulagement. Cette soirée qu'elle redoutait tant était terminée. En dépit de ses efforts, elle ne se sentait pas plus avancée et il ne lui restait plus qu'une semaine de liberté. Lorsqu'elle gagna son lit, épuisée, elle songea que la dernière remarque de Liam n'avait tout simplement aucun sens.

XIV

Plus des deux tiers des vacances d'Elise s'étaient écoulés lorsque survint le quatorze juillet. Cette année-là, il tombait un lundi, à la grande joie des aoûtiens, qui se voyaient attribuer un week-end de trois jours en avant-goût de leur repos estival.

Pour Elise, bien sûr, cela ne changeait rien. Elle appréhendait toujours les jours fériés et les fêtes, car elle ne les partageait avec personne. Toutefois, pour l'occasion, elle était décidée à ne pas bouder les animations et à descendre en ville pour le feu d'artifice, qu'elle aurait pourtant pu admirer, seule, aux premières loges, depuis son appartement avec vue sur Fourvière. Une fois n'était pas coutume, elle se promènerait dans les rues à la nuit tombée, se mêlerait à la foule. Il lui semblait qu'il ne pourrait pas manquer de se produire un événement hors du commun.

A quelques encablures de chez elle s'étendait le jardin des Chartreux. Cet espace vert à l'anglaise, avec ses pelouses nettes et son abondante statuaire, aménagé à flanc de colline, descendait en pente douce jusqu'aux quais de Saône. Nombre de Lyonnais venaient chaque année admirer le feu d'artifice depuis ce belvédère, qui offrait une vue imprenable à la fois sur Fourvière et sur les toits de Lyon. Elise pourtant, avait choisi de ne pas se poster dans le jardin. Ce n'était pas là que le tueur opérerait. Il rôderait, comme à son habitude, au cœur du Vieux-Lyon, où les mouvements de la foule avinée et joyeuse lui offriraient des conditions de chasse idéales.

Dans les médias, une polémique était née sur la pertinence de tirer le feu d'artifice dans ce contexte d'insécurité. Mais la mairie avait décidé, selon ses propres termes, « de ne pas céder à la terreur », et avait maintenu les festivités du quatorze juillet.

Les forces de l'ordre redoutaient elles aussi un nouveau passage à l'acte du tueur aux cierges. Les journaux avaient annoncé la veille que des patrouilles supplémentaires quadrilleraient la vieille ville. Ils avaient également donné des conseils de prudence, recommandant aux jeunes femmes de sortir accompagnées et d'éviter les endroits déserts.

En prévision de la soirée à venir, Elise suspendit sa course diurne à travers la ville. Elle passa la journée à se reposer chez elle, à l'abri du soleil, les stores baissés, les ventilateurs de son salon et de sa chambre tournant à plein régime. Elle but des sodas glacés en feuilletant des livres sur la peinture, notamment celui qu'elle s'était offert sur les collections du Rijksmuseum d'Amsterdam. Elle rêvait qu'elle visiterait, un jour, toutes les grandes villes d'art du continent. L'Europe du Nord, pour elle ne savait quelles raisons, l'attirait tout particulièrement.

En fin d'après-midi, la sonnette de la porte d'entrée retentit. C'était Liam. Elise, qui avait regardé par l'œilleton, fut troublée : elle n'avait pas revu le policier depuis leur soirée au restaurant.

— Bonsoir, lui dit-elle, d'une voix neutre, en entrebâillant la porte. Liam esquissa un sourire embarrassé. Il hésita, puis se lança :

— Cela ne me regarde pas, mais avez-vous l'intention de sortir pour le feu d'artifice ? Je suis de service ce soir, ajouta-t-il. Je vous conseille de rester chez vous, ce serait plus prudent.

Elise le regarda, perplexe. Elle avait envie de lui répondre qu'il n'avait pas voulu parler de l'affaire avec elle, qu'il n'avait pas eu confiance en elle et avait balayé ses craintes d'un revers de main. Alors, pourquoi tant de prévenance ? Elle se contenta de lui assurer qu'elle n'avait pas l'intention de sortir. Liam s'en alla, d'un pas incertain. Elise n'était pas sûre de l'avoir convaincu, mais cela lui était parfaitement égal.

Elle dîna légèrement d'une salade de tomates et sortit à vingt et une heures. La nuit n'était pas encore tombée. Le feu d'artifice serait tiré après vingt-deux heures, lorsque le ciel serait tout à fait noir. Elle gagna à pied, en flânant, les quais de Saône.

Elle croisa sur sa route des groupes d'amis, des familles et des couples. Ils paraissaient agglutinés les uns aux autres, accrochés tel du raisin à leurs grappes. Tandis qu'elle progressait ainsi dans la ville, il lui vint une idée curieuse : tous ces gens se connaissaient, ils étaient ensemble, et Elise était la seule à n'être pas intégrée dans ce flot, passante singulière dans la foule plurielle. Ils avaient besoin les uns des autres, mais elle était, depuis bien longtemps, passée au-dessus de ce désir trivial. Elle sortit son lecteur MP3 de son sac à main. Elle n'était jamais seule, puisqu'elle avait sa musique, ses rêves, sa culture. Elle continua à déambuler en regardant en l'air, admirant les façades sculptées et les balcons en ferronnerie.

Elle ne pouvait partager leur joie. Elle la voyait, la comprenait, pouvait même vaguement l'imaginer, mais elle ne pouvait la ressentir. Elle se rappelait les années quatre-vingt, un temps bien lointain, perdu dans la brume, où elle avait goûté au bonheur des plaisirs simples. Une balade en ville avec ses parents, les soirs d'été ; l'euphorie à la perspective d'aller manger une glace chez un artisan réputé ; le sentiment que la vie était là, qui attendait qu'elle la saisît pleinement, que l'avenir lui appartenait, avec tous ses trésors à vivre et à découvrir. Comme c'était facile d'avoir confiance, lorsqu'on était enfant !

Lorsque le feu d'artifice explosa enfin dans le ciel lyonnais, Elise ne le regarda même pas. Elle jetait des coups d'œil circulaires, scrutant la foule à la recherche de la silhouette familière. Elle savait déjà qu'elle ne la trouverait pas. Elle prit le chemin du retour avant même que le spectacle fût terminé, se frayant difficilement un passage au milieu de la cohue.

Elle fut réveillée en pleine nuit par un vacarme inhabituel. Des bruits de sirènes montaient de la rue, et, en ouvrant les yeux, elle vit des lumières bleues danser sur le plafond. Il était trois heures du matin. Une sourde appréhension dans la poitrine, elle se leva et écarta avec précaution les lamelles en bois du store pour regarder en bas.

Elle ne repéra tout d'abord qu'un certain nombre de curieux, sans doute des fêtards tardifs, en train de remonter le cours Général Giraud. Elle ouvrit la fenêtre et se pencha pour regarder dans la direction du jardin des Chartreux. Une nouvelle voiture passa à toute vitesse, gyrophare allumé. Puis une ambulance. Elise n'était pas la seule que le bruit avait tirée du sommeil. Une foule chaque minute plus nombreuse se postait aux fenêtres, comme à des loges d'opéra. Mais rien ne filtrait au travers de l'épais manteau d'arbres, hormis une lumière bleutée.

En bas de l'immeuble, elle aperçut Liam se diriger d'un pas décidé vers le lieu de l'agitation. A peine dix minutes plus tard, il revint, la tête baissée, les poings serrés. Elise entendit la porte de l'immeuble claquer, puis celle de son appartement. Elle sursauta. Cela ne ressemblait pas à Liam de faire du bruit en pleine nuit sans se soucier des voisins.

Intriguée, elle se jeta à terre, colla l'oreille contre le plancher. Il lui semblait percevoir des bruits d'objets que l'on faisait tomber ou que l'on jetait, puis un juron, étouffé. Elise, le cœur battant, attendit. Mais un silence absolu s'était installé dans l'appartement de Liam. Elle eut la tentation, vite refrénée, d'aller taper à sa porte.

Elle n'apprendrait rien de plus cette nuit-là, en restant debout. Elle retourna se coucher, déconcertée et vaguement inquiète. Le bruit et l'agitation durèrent longtemps. Ils finirent par s'estomper au petit matin et Elise put se rendormir.

Dès le réveil, elle alluma la radio. Ce qu'elle entendit lui fit froid dans le dos.

Une jeune femme, Elodie Fontaine, avait été assassinée dans la nuit du quatorze au quinze juillet, entre minuit et deux heures du matin selon les premières constatations du légiste. Son corps avait été retrouvé, ironie du sort, dans l'escalier de la rue de la Muette qui reliait le jardin des Chartreux au quai Saint-Vincent. « Un véritable coupe-gorge en pleine nuit » précisait le journaliste parisien, qui rappelait que des consignes de sécurité très strictes avaient été données à la population féminine de la ville. Il souligna que la grande majorité des forces de police avait été déployée dans le

Vieux-Lyon et les montées reliant la vieille ville à Fourvière, mais que le tueur, décidément joueur, avait changé de quartier pour commettre son forfait.

A la pensée que le meurtre avait été perpétré à quelques mètres de chez elle, Elise sentit la menace se préciser, s'approcher de plus en plus d'elle, comme pour l'encercler.

Abattue, elle n'eut pas la force ce jour-là d'arpenter la ville.

Elle reprit ses recherches sur le web, et nota, dans son précieux petit carnet violet, ce qu'elle savait des victimes et des circonstances de leur mort :

Emeline Granger, 29 ans, bibliothécaire. C'est le premier meurtre de la série, en avril, le seul perpétré en plein jour. Elle a été retrouvée dans une cour du Vieux-Lyon, un appareil photo près d'elle. Le fait que ce meurtre ait eu lieu pendant la journée tendrait à démontrer que le tueur a commis un meurtre d'opportunité, qu'il a été saisi d'une pulsion irrésistible qui lui a fait prendre de gros risques. Aucun cierge n'a été retrouvé près d'elle, ce qui a laissé planer pendant un temps le doute sur le fait que cet assassinat s'inscrive dans la même série que les autres. Elle avait un petit ami, qui n'était pas à Lyon le jour du crime.

Laetitia Dumas, 27 ans, coiffeuse, a été tuée deux mois après la première victime, de nuit, montée des Carmes déchaussées. La jeune femme avait une vie sociale et amoureuse bien remplie, jonglant entre trois petits amis. Elle était sans arrêt dehors, en mouvement, n'avait pas peur de sortir la nuit. Le tueur s'est comporté plus prudemment que la première fois. Il a sans doute eu le temps d'observer sa victime, de connaître ses habitudes. Et il s'est assuré de ne pas être repéré en balançant le corps de l'autre côté d'un haut mur, dans le jardin d'une propriété. Ainsi, il aurait pu croiser des gens montant la voie tandis qu'il la descendait, sans les alerter. Il a également pris la peine de jeter le cierge de l'autre côté du mur. Bien sûr, il n'était pas certain, en agissant ainsi, que l'objet se retrouve près du corps de sa victime. D'ailleurs, le cierge n'a pas été découvert immédiatement, car il était dissimulé par des fourrés épais. Le laps de temps écoulé entre les deux premiers meurtres est important, si l'on s'en tient aux crimes suivants qui s'enchaînent sur un rythme inquiétant d'un tous les dix jours environ. A-t-il eu des remords après l'assassinat d'Emeline, et décidé de ne pas recommencer ? A-t-il au contraire éprouvé une telle jouissance qu'il a décidé de planifier une série de crimes, de prendre le temps de les préparer afin de ne pas être capturé ?

Irène Valenti, 28 ans, secrétaire médicale, retrouvée ruelle Punaise. Ce meurtre ressemble au précédent. Le tueur a dû étudier sa victime, la suivre pendant plusieurs jours, voire plusieurs semaines. Cette fois-là, cependant, il a pris plus de risques car il a attendu, embusqué dans un recoin mais à proximité d'une voie (la rue Juiverie) relativement fréquentée, que la victime passe à proximité. Il connaissait donc ses habitudes, ses trajets. Il savait qu'elle rentrerait seule, qu'elle n'avait pas peur, elle non plus. Elle menait une vie beaucoup plus tranquille que Laetitia, et n'avait pas de petit copain officiel.

Sonia Caillot, 23 ans, étudiante en droit, retrouvée morte dans la grande traboule. Elle a été assassinée alors qu'elle rentrait chez elle. Il semblerait que le tueur ait choisi là la facilité. En effet, il était moins risqué d'attendre que la victime vienne à lui, et la cour obscure offrait moins d'occasions de se faire repérer. Pas de témoins, pas de *passants. Sonia vivait avec un colocataire, un jeune homme qui a été interrogé longuement par les services de police, et mis hors de cause à la suite de cette audition.*

Elodie Fontaine, 26 ans, employée dans le prêt-à-porter. Assassinée dans la nuit du 14 au 15 juillet. Là, le tueur s'est éloigné de son quartier de prédilection, qu'il doit connaître comme sa poche et dans lequel il doit se sentir à l'aise. Il est peut-être resté en embuscade de longues heures dans la montée d'escaliers reliant le jardin des Chartreux au quai Saint-Vincent, car beaucoup de Lyonnais ont emprunté ce passage cette nuit-là pour retourner sur les quais de Saône. Comme sa victime, dont la voiture était stationnée là. L'avait-il repérée en début de soirée, alors qu'elle se garait ? L'a-t-il suivie ? Elle était alors accompagnée d'un groupe de trois amis. Ils ont assisté tous les quatre au feu d'artifice depuis le jardin, où ils avaient au préalable pique-niqué. Le tueur a d'ailleurs pu se mêler un moment à la foule, pour s'assurer que sa proie était toujours là. Il n'avait cependant aucun moyen de s'assurer qu'Elodie redescendrait toute seule, à une heure tardive, quand la majorité des promeneurs étaient déjà rentrés chez eux. Comme si, au fond, cela n'avait pas d'importance, qu'il s'était embusqué là pour tuer la première jeune femme qui passait. Le lieu était-il plus important que la victime ?

Les victimes avaient toutes moins de trente ans, mais elles n'étaient nées ni la même année, ni à la même date. Elles appartenaient à des milieux différents, exerçaient des métiers très dissemblables. Sur les photographies, Elise crut déceler un petit air familier, mais sans plus. Les premières avaient été tuées dans un quartier touristique, mais pas la quatrième, puisque les forces de police s'étaient déployées de manière à ne laisser aucune marge de manœuvre au prédateur. Le quartier n'occupait peut-être pas une place prépondérante dans son rituel meurtrier, puisqu'il avait joué avec la police et l'avait prise à contre-pied. Habitait-il vraiment le Vieux-Lyon, alors ?

Elise, relisant ses notes, ne voyait rien, ne pouvait déceler aucun lien, aucun schéma. Elle prit sa tête dans ses mains. Pourquoi s'obstiner, alors que des professionnels, certainement très compétents, s'y cassaient les dents ?

Emeline, Laetitia, Irène, Sonia, Elodie. Jeunes, belles et radieuses.

Mortes, assassinées.

Comme Alex.

XV

Et puis les choses avaient commencé à déraper sans crier gare, comme lorsque l'on conduit tranquillement sur une route droite, ensoleillée et déserte et que l'on ne comprend pas comment on peut partir ainsi dans le décor, la direction trafiquée ou les freins qui ne répondent plus. Ou les deux à la fois.

Qu'advient-il quand soudain le reflet se met à bouger de son propre chef, et n'imite plus fidèlement les gestes de la personne de l'autre côté du miroir ? Le cinéma fantastique a exploité plus d'une fois cet artifice. Et lorsque ce prodige arrive, le héros sombre dans la terreur et la démence. Car un reflet, par définition, n'est pas censé agir différemment de nous.

Alex était devenue distante. Et chose plus inimaginable encore, elle n'était plus disponible. Il semblait à Elise que leur monde, leur bulle privilégiée s'était fissurée et avait fini par s'effondrer, les bris de verre à ses pieds. Quand cela était-il arrivé ? Cette perspective aurait paru invraisemblable pendant leur printemps magique, ce printemps où elles avaient vécu ensemble cette folie, ce délire. Avec Eux. Et leur musique.

Elise n'avait besoin de rien d'autre, il lui semblait qu'il n'y avait jamais existé que cet univers-là. Qui a besoin d'un travail ? D'un petit ami ? De cette vie ordinaire et banale, sans issue, qu'elles avaient toutes les deux condamnée ? Elles ne deviendraient jamais comme leurs parents. Elles n'agiraient pas non plus comme toutes ces idiotes qui se pomponnaient et minaudaient de façon ridicule dès qu'un garçon passait dans les parages. De toute façon, ces garçons-là étaient si insignifiants ! Un jour, elles rencontreraient des sosies d'Eux, ou mieux, de futurs Eux. Elles sauraient voir leur potentiel, et elles les aideraient à monter jusqu'au sommet. Il faudrait bien sûr qu'elles aillent en Angleterre, comment dénicher la perle rare parmi les Français ?

Pendant qu'Elise restait captive de ses fantasmes, niant la réalité un peu plus chaque jour, la situation se dégrada dès la fin juillet, passant d'un enthousiasme délirant et grisant à une routine agréable, puis à des moments gênés, teintés d'ennui. La machine semblait enrayée. C'est alors qu'Alex commença à parler de plus en plus souvent de ce garçon qu'elle avait connu par son travail. Ils étaient, affirmait-elle, très bons amis. Elise devait le rencontrer, ils s'entendraient certainement à merveille.

Lorsqu'Alex monologuait ainsi, Elise ne pensait qu'à une chose : « que veux-tu que je dise à un abruti qui de toute manière n'a pas les mêmes centres d'intérêt que nous. Ils ne te suffisent plus ? »

N'osant pas énoncer ses craintes à voix haute, elle commença à ruminer dans son coin, chaque jour de plus en plus préoccupée, sur le qui-vive, analysant le moindre élément, le discours d'Alex, le ton de sa voix quand elle parlait de son « ami », la fréquence de ses appels téléphoniques et de ses lettres. Une chose du moins était très claire. Il n'était plus question des rendez-vous hebdomadaires, de leurs sorties pour la journée où elles s'amusaient comme des adolescentes, allaient à Fourvière ou au musée, parcourant la ville en riant.

La première fois qu'Alex annula un rendez-vous, Elise éprouva la sensation qu'elle avait reçu sur la tête un coup qu'elle n'avait pas vu venir. Alex pouvait agir comme elle le souhaitait, fréquenter qui elle voulait durant ces jours interminables séparant leur dernière rencontre de la prochaine (que faisait-elle d'ailleurs de son temps libre, de tous ses week-ends, pendant qu'Elise, seule, déprimait dans son coin ?). Mais elle ne *pouvait pas* la priver de leurs rendez-vous réguliers. Elle en nourrit une rancune amère.

Consumée par l'angoisse, Elise commença à reprocher à Alex son attitude, tout d'abord sous la forme d'insidieux sous-entendus. Puis de plus en plus clairement. Leur relation se refroidit encore davantage, sans que le véritable sujet de leur discorde fût abordé. Et puis, un lundi, Elise reçut une lettre d'Alex. Ce courrier lui causa un choc violent.

Il restait trois jours avant leur prochaine rencontre, rencontres qui semblaient à présent s'installer sur une base bimensuelle. A la vue du rectangle blanc dans la boîte aux lettres, Elise fut prise de nausées. Alex se décommandait certainement. Elise, pour se préparer à la nouvelle, s'enferma dans sa chambre, baissant davantage les volets de façon à disposer d'une lumière tout juste suffisante pour lire. Elle lança une chanson de Depeche Mode et déchira l'enveloppe :

Salut Elise,

Je m'excuse par avance de devoir t'écrire. Je sais que tu vas trouver cela curieux, et au fond, pas très courageux de ma part. Je suis désolée mais vois-tu, il est devenu si difficile de te parler. Je ne sais pas ce qui nous est arrivé, et pourquoi cette complicité qu'on partageait n'existe plus. Je sais que tu es malheureuse, et tu m'en tiens pour responsable. Je ne peux pas complètement t'en blâmer, mais en ce moment tu me rends la vie plus pénible qu'elle n'est déjà. J'ai moi aussi mes propres problèmes, et c'est dur de devoir les affronter toute seule, sans ma meilleure amie.

Tu as sans doute compris maintenant que Ludovic est pour moi plus qu'un ami. C'est arrivé sans même que je le veuille, sans m'en rendre compte. Mais je l'aime, oui, même si c'est difficile. Je ne pensais pas me lancer dans une aventure avec un garçon tout de suite. Avec ce que j'ai vécu. Mais voilà, c'est ma vie et je dois la vivre. Il est très jaloux de notre amitié et il me voudrait pour lui tout seul. Que puis-je faire ? Je dois lui donner une chance. Nous continuerons à nous voir bien sûr, et à nous écrire aussi. Mais pour l'instant il est ma priorité. Pour jeudi, c'est toujours d'accord pour moi, si tu le souhaites bien entendu. Par contre, je te propose de nous voir à partir de 14 heures, et je dois être partie pour 17 heures, donc on n'aurait sans doute pas le temps de faire notre « circuit » habituel. A Bellecour, ça te va ? Je t'embrasse. A jeudi.

Alex.

Non, bien sûr que cela n'allait pas. Non seulement Alex avait espacé leurs rendez-vous, occupée par des choses bien plus importantes pendant que sa meilleure amie restait seule, sans travail, sans projet, sans avenir. Ses seuls moments plaisants étaient ceux qu'elle partageait avec Alex. Et maintenant celle-ci lui proposait un après-midi au rabais. « Comme on jette des restes à un chien », se dit-elle, les yeux soudainement dessillés. Elle décrocha le combiné du téléphone avec brusquerie, composant de mémoire le numéro de son amie. Alex n'avait peut-être plus de temps, mais elles se verraient selon ses termes à elle. Dans *son* appartement.

Ce triste jeudi arriva très vite. Elise avait attendu toute la matinée la venue d'Alex, craignant un retour inopiné de ses parents qui aurait compromis la discussion qu'elle s'était juré d'aborder. Elle les avait même appelés au moment du déjeuner dans leur cher refuge champêtre pour s'assurer que ce n'était pas dans leur attention, et leur promettre de venir les voir le dimanche suivant. Elle loua une fois de plus ce jour-là leur absence prolongée. Elle était ainsi libre d'agir comme bon lui semblait.

Lorsqu'Alex pénétra dans l'appartement, elle se comporta tout de suite avec gêne. A la place de son sourire habituel, chaleureux et enveloppant, elle arborait une grimace crispée. Elise revit en une fraction de seconde les retrouvailles spectaculaires du mois de mai, lorsqu'elles se saluaient en poussant des cris d'enthousiasme, et son cœur coula dans sa poitrine. Ainsi, elle devenait un embarras pour son amie. L'amertume et la colère se mêlèrent à une infinie tristesse.

— Tiens, lui fit Alex sans préambule, c'est pour toi. Elle lui tendit un tube en carton, avec un petit sourire gauche.

Elise prit l'objet, déconcertée. Alex n'avait pas pour habitude de lui faire des cadeaux.

— Qu'est-ce que c'est ?

— Ouvre, tu verras bien.

Elise retira avec ses ongles le couvercle de plastique qui fermait le tube, et le renversa pour en extraire un poster roulé. Elle le déplia. Alex ajouta :

— J'ai le même chez moi, il te plaît ? Je sais que tu adores la peinture alors j'ai pensé que, pour ta décoration de chambre, il irait bien.

L'affiche représentait un tableau de Magritte, *le faux miroir*. Un œil immense occupait toute la toile. Les paupières et les cils gigantesques encadraient un iris bleu ciel, parsemé de nuages. Elise trouva le choix de son amie étrange, tout en ne pouvant s'empêcher, dans sa paranoïa grandissante, d'y déceler un message caché. Les yeux sont, selon l'adage bien connu, le miroir de l'âme. Or, dans ce regard-là, ne se reflétait aucune vie intérieure. Simplement l'horizon infini du ciel. Elle pensa aussitôt à la chanson de Depeche Mode, *World in my eyes*. Le monde dans mes yeux. Alex avait-elle tenté de lui signifier : « ne cherche pas ton propre reflet en moi ? Je ne serai jamais ton miroir, ton double ? »

Les joues empourprées par la gêne, Elise remercia Alex. En tremblant, elle la débarrassa de ses affaires, feignant de n'avoir pas remarqué le malaise qui commençait à se faire de plus en plus perceptible. Elle proposa ensuite à son amie de prendre un thé dans sa chambre. Alex acquiesça, l'air absent, et se laissa choir sur le lit. Puis elle leva la tête et fronça les sourcils. Les murs de la chambre étaient dénudés, le papier peint arraché. Des morceaux restaient encore accrochés sur des pans de mur.

— Mais qu'est-ce que tu as fait ?

Elle se tourna vers Elise. Celle-ci rit, gênée. Elle avait retiré la tapisserie trois jours auparavant, de colère, de frustration et d'angoisse. Tout l'après-midi elle s'était appliquée à la tâche, y cherchant un exutoire à son sentiment d'impuissance.

— Oh ce n'est rien. J'ai envie de changer de décor, mais je ne sais pas encore quelle couleur je vais choisir.

Et elle disparut dans la cuisine, préparer le goûter. Alex ne la suivit pas pour continuer la discussion avec elle. Restée seule, tout en s'activant, Elise prit de profondes inspirations pour lutter contre la panique qui l'envahissait ; elle sentait que l'après-midi de détente entre amies prenait mauvaise tournure.

Elise revint dans sa chambre, portant un plateau sur lequel elle avait placé le service à thé et une assiette de gaufrettes. Elle posa le plateau sur son bureau, s'assit sur l'unique chaise tandis qu'Alex, sur le lit, s'absorbait toujours dans la contemplation des murs. Elle lui servit le thé, et lui offrit quelques biscuits qu'Alex refusa. « Elle veut rester mince pour son idiot », pensa-t-elle avec amertume. Elise prit l'assiette de biscuits sur ses genoux et commença à dévorer une à une les gaufrettes avec voracité. Elle avait besoin de se calmer. Elle attendait qu'Alex fît le premier pas, qu'elle lui fournît une explication à la fois pour cette lettre incompréhensible et cette journée ratée par sa faute. Mais rien ne vint.

Lorsque le silence devint trop pesant, Alex s'anima. Elle commença à soliloquer sur tout et rien, semblant prendre plaisir à des sujets de conversation sans intérêt, lui parlant de son travail, de la proposition qui lui avait été faite de reconduire son contrat de dix mois :

— Je pourrais même être prolongée davantage. C'est ce qu'ils m'ont fait comprendre à mots couverts. Et cela me permettra de préparer le concours en interne...

Elise inspira profondément, et l'interrompit :

— Alors, comme ça, tout va bien pour toi. Et bien ma foi, c'est merveilleux, voilà d'excellentes nouvelles. Quant à moi, à part ça, c'est l'horreur, je n'ai pas de travail, pas d'argent, pas d'avenir de toute façon puisque j'ai arrêté la fac par ta faute. Je n'ai pas d'amis, personne, merci de me demander comment je vais !

Elise avait prononcé ces mots sur un ton qui se voulait froid et ironique, mais au fur et à mesure elle avait perdu le contrôle et sa tirade s'était achevée dans un couac aigu.

Alex parut consternée. Elle reprit d'une voix douce, comme si elle parlait à une personne atteinte d'une grave maladie, sur un ton qu'Elise ne put qu'interpréter comme de la condescendance :

— Pour toi aussi, les choses finiront par s'arranger. Mais il faut aussi s'en donner la peine...

Elise explosa, laissant les sentiments refrénés durant les semaines précédentes sortir en un flot rageur :

— Tu parles ! Tu penses que tu mérites ce qui t'arrive, ma pauvre fille ! Mais tu seras toujours tordue et différente, tu crois que les autres ne finiront pas par s'en apercevoir ?

Alex se leva, elle commençait à rassembler ses affaires, tandis qu'Elise lui lança, d'une voix sifflante :

— Je pensais que nous avions quelque chose de précieux. Maintenant j'en connais la valeur !

Alex ne répondit rien mais fixa Elisa pendant quelques secondes. Oh, ces secondes où la colère se changea en pitié, puis en quelque chose d'autre qu'elle n'arrivait pas à définir ! Non, pas de l'indifférence ! Alex ne semblait déjà plus la voir lorsqu'elle se dirigea vers la sortie. Elle se retourna une dernière fois et dit, la voix rauque et basse :

— Je n'ai jamais été aussi déçue.

Puis elle partit, ne se donnant pas même la peine de claquer la porte. Un instant, elle était là, l'instant suivant, elle avait disparu dans le néant, laissant Elise abattue sur le sol.

XVI

Le lendemain de l'annonce du cinquième assassinat, Elise eut de la peine à se lever. Elle se sentait accablée, écrasée par quelque chose de trop gros pour elle. La veille, elle avait passé la majeure partie de la journée à réfléchir, et à surfer sur des sites d'information, pour tenter d'en apprendre encore davantage sur les victimes. Elle n'y avait rien gagné, excepté un vague dégoût et le sentiment que la vie était décidément injuste et indifférente.

Elle se traîna néanmoins jusqu'à la cuisine pour se préparer un copieux petit-déjeuner. En avalant une lampée de café brûlant, elle ne put s'empêcher de ressasser les mêmes pensées. Plus elle y réfléchissait, et plus elle était perplexe. Comment Franck s'y prenait-il pour connaître les habitudes de ses victimes ? Et, surtout, pourquoi elles ? La remarque adressée à Cathy quelques semaines auparavant lui trottait toujours dans la tête. Bien sûr, elle voyait ce que recherchait Franck dans le profil de ses victimes. Des femmes jeunes, minces, jolies, aux longs cheveux, présentant un vague air de ressemblance. Mais ce qui restait irrésolu était sa *façon* de parvenir à ses fins. Il devait disposer de beaucoup de temps libre, pour les surveiller ainsi. Ou bien il les rencontrait dans les bars, les accostait, gagnait petit à petit leur confiance. Et, au bout du deuxième ou troisième rendez-vous…

Elise fit la grimace. Elle n'imaginait pas Franck en train de repérer ses proies dans les bars comme un vulgaire dragueur. Elle se sentit tout à coup de mauvaise humeur, comme piquée par une vague pointe de jalousie. Elle se leva brusquement. Elle n'y tenait plus. Elle devait découvrir ce que Franck faisait dans la vie. Et elle avait mal mené ses affaires, en n'interrogeant pas le seul et unique précieux témoin qu'elle avait rencontré.

Mme Lambert. Au souvenir de la vieille dame, de son regard acéré sur elle, Elise frissonna. Elle savait. Elise aurait-elle le courage de lui faire face de nouveau après sa fuite ridicule, digne d'une adolescente perturbée ? Sur Internet, elle trouva facilement les coordonnées de son ancienne voisine. Elle l'appellerait, puisqu'elle n'avait pas le courage d'y retourner, d'affronter son regard, et, peut-être, son refus d'en dire plus.

Elise hésitait. Pourtant une petite voix intérieure lui intimait de donner ce coup de téléphone.

Le souffle coupé par l'appréhension, elle composa le numéro avec lenteur. Elle avait préparé son discours. Il lui faudrait simplement une once de courage, juste une once. Se jeter à l'eau et puis attendre. Elle n'avait rien à perdre. La tonalité du téléphone retentit dans son oreille. Une sonnerie. Deux sonneries. A la troisième, elle s'apprêtait à raccrocher, quand une voix douce répondit à l'autre bout de la ligne.

— Oui, bonjour ?

Elise prit une profonde inspiration. Ce n'était pas le moment d'être lâche.

— Mme Lambert ? Je suis Elise S. Je suis venue il y a quelques semaines, vous vous rappelez ? Je cherchais Franck.

Franck Augier. Je suis désolée de vous déranger encore mais je dois savoir quelque chose d'important. Vraiment important.

Il y eut un silence qui s'éternisa douloureusement. Elise retint son souffle. Elle s'attendait à se voir raccrocher au nez sans autre forme de procès.

Mais non. La femme répondit d'une voix posée, mais où perçait une pointe d'agacement. Ou de méfiance.

— Que voulez-vous savoir ?

— Et bien, en fait, je ne vous ai pas tout dit. Je cherche Franck pour une raison.

Elle s'arrêta, avala sa salive.

— J'ai besoin de connaître sa profession. Je sais, ajouta Elise précipitamment, que vous ne l'avez pas vu depuis des années, mais que faisait-il avant de déménager ? Avant le décès de son père ? Vous m'avez parlé de la fortune de sa mère. Travaille-t-il dans son entreprise ?

La dame poussa un soupir.

— Non, il ne travaille pas. Enfin, pas dans le sens où vous l'entendez. La famille de Gisèle... Enfin de sa mère possédait beaucoup de biens immobiliers. Des immeubles entiers, aux quatre coins de la ville. Elle ne s'occupait pas de la gestion directement, c'était impossible, pensez-vous. Il aurait fallu plusieurs personnes à temps plein. Cette tâche a été confiée à des administrateurs de biens. Mais je crois que Franck avait repris en partie les affaires. Il voulait s'occuper de certains appartements lui-même. Honnêtement, je pense qu'il essayait surtout de s'occuper. A sa place, j'aurais plutôt fait le tour du monde mais chacun ses goûts, n'est-ce pas ?

Elle ajouta :

— Le fils de Jacques et Gisèle n'est pas du genre à faire la fête. Pour être tout à fait franche avec vous, je ne l'appréciais pas tellement. Ses parents étaient adorables, très simples mais lui avait vraiment la « grosse tête » si je puis m'exprimer ainsi.

Elise resta sans voix quelques secondes. Il lui semblait qu'elle ne devait pas abuser de la patience de Mme Lambert, mais elle posa tout de même la question qui lui brûlait les lèvres :

— Vous savez où se trouvaient ses immeubles ? Ceux qu'il voulait administrer lui-même ?

De nouveau, le silence. La dame répondit d'un ton prudent, articulant chacune de ses syllabes :

— Je ne peux pas être affirmative. Je sais en revanche que Franck nourrissait une passion pour le patrimoine et l'architecture de Lyon. Or, certains biens se situent dans des quartiers touristiques. Je suppose, mais ce n'est qu'une supposition, qu'il souhaitait s'occuper de ces affaires-là.

Elise ne sut quoi répondre. Profitant de ce moment d'hésitation, Mme Lambert conclut :

— Ecoutez, je n'ai vraiment rien à ajouter. J'espère que vous trouverez ce que vous cherchez. Au revoir, Madame.

Elle raccrocha. Elise resta hébétée un instant, l'oreille toujours plaquée sur le combiné.

Elle était sonnée. Et pourtant, tout concordait. Oui, quelle position idéale pour un chasseur. Louer des logements à des jeunes femmes. Etre dans la situation de quelqu'un disposant des informations privées sur ses locataires : état civil et matrimonial, profession, photo d'identité certainement... et, bien entendu, adresse. Comme c'était commode. Le moins que l'on pût dire, c'était que Franck ne s'était pas gêné pour abuser de ce privilège.

Elise étouffait tout à coup dans son appartement. Elle avait besoin d'air. En dépit de sa fatigue, elle sortit. Elle avait l'intention de se rendre montée de la Muette, où le corps d'Elodie avait été retrouvé. Quelle ne fut pas sa stupeur lorsque, approchant du jardin des Chartreux, elle constata que le périmètre de sécurité mis en place par les forces de l'ordre n'avait pas encore été levé. Périmètre littéralement cerné par des cars de reportage de chaînes étrangères, anglaises, italiennes et allemandes. Effarée, elle battit prudemment en retraite.

Elle descendit au centre-ville, s'installa à la terrasse d'un café de la place des Terreaux, et étala devant elle divers quotidiens d'information ainsi que son carnet de notes. Le garçon qui prit sa commande parut agacé de voir la table jonchée de papiers, et Elise dut faire une petite place pour qu'il pût y poser une tasse de café noir.

Elle resta longtemps au soleil, à lire, regarder les passants et réfléchir, ressassant dans sa mémoire les événements des derniers jours. La réaction de Liam le lundi soir l'avait laissée perplexe. Il avait prétendu ne pas être mêlé à l'enquête, pourtant il semblait impliqué. Ou bien il ne participait effectivement pas aux investigations, et cette mise à l'écart le contrariait. Ce serait bien compréhensible compte tenu de l'importance et de la médiatisation de l'affaire. Elle ne l'avait pas croisé depuis le quatorze juillet et se demanda s'il ne serait pas pertinent de tenter une nouvelle approche.

Elle s'attela ensuite à une lecture attentive des journaux, en prenant des notes dans son petit carnet violet. Un article attira tout particulièrement son attention. Les enquêteurs s'étaient adjoint les services d'un « profileur », venu de Paris. Au vu des pièces du dossier, celui-ci avait brossé un portrait psychologique du tueur qu'elle parcourut avec avidité.

Selon l'expert, le tueur devait être âgé d'une petite trentaine d'années. Doté d'une intelligence au-dessus de la moyenne, prudent, méticuleux, organisé, il n'avait laissé aucune trace sur les lieux des crimes. L'absence de témoins démontrait sa capacité à agir avec discrétion, à maîtriser rapidement ses victimes, pourtant jeunes et en pleine santé. Il était possible qu'il fût plutôt beau garçon, présentant bien, car les femmes n'avaient selon toute vraisemblance pas cherché à fuir ou donner l'alerte en le croisant. Il devait par conséquent inspirer confiance. L'absence de viol laissait planer le doute : était-il impuissant, ou détestait-il les femmes et en était-il dégoûté ? La présence de cierges à côté des victimes pouvait représenter un symbolique phallique. Il semblait vivre en décalé, peut-être exerçait-il un métier dans le monde de la nuit, barman, videur de boîtes de nuit, restaurateur ? Sa connaissance du Vieux-Lyon indiquait en outre qu'il avait vécu des années dans cette ville.

Elise resta perplexe à la lecture de cet article. Elle but une gorgée de café, déjà froid. Il lui semblait qu'elle aurait pu aisément dresser le même profil, car, après tout, il ne s'agissait là que de généralités. Et ces psychiatres avaient la fâcheuse manie de déceler des symboles sexuels partout. Le cierge pourrait également représenter un rituel de purification, pourquoi pas ? Après tout, c'était un objet avec une forte connotation religieuse. Mais cet aspect de la question ne semblait pas avoir interpellé le « spécialiste ». Quant à sa profession, les enquêteurs étaient à côté de la plaque, mais Elise était pour l'instant la seule à le savoir. Les policiers ne tarderaient cependant pas, comme elle, à établir le lien. Le tout était de décider comment tirer parti de cette information, en attendant.

Il était à présent l'heure de l'apéritif. Elle continua sa revue de presse en commandant un kir cassis.

Les journaux réclamaient la tête des enquêteurs. Suite au meurtre d'Elodie, les médias, déjà acerbes auparavant, se déchaînaient. La cellule « homicide 69 » faisait l'objet de vives critiques. On l'accusait de tous les maux, et notamment d'avoir perdu du temps au début de l'enquête en sondant l'entourage des victimes. N'ayant pas du tout apprécié d'être au préalable soupçonnées, les familles des victimes s'étaient rapprochées et maintenaient une pression constante sur les enquêteurs à grand renfort d'interviews éplorées et de tweets polémiques.

Dans ce contexte tendu, une visite du ministre de l'Intérieur était prévue pour le début de la semaine prochaine. « Comme si cela allait aider les forces de l'ordre. A moins qu'il ne veuille mener l'enquête lui-même », pesta Elise. Elle reconnaissait bien là la manie des politiques de toujours vouloir faire acte de présence lorsqu'un événement dramatique se produisait. Ne voulant pas être en reste, le maire de la ville avait réaffirmé, lors de sa dernière conférence de presse, la pleine et entière collaboration des services de police municipale.

Puis elle tomba sur une information qui la laissa interdite, le stylo suspendu en l'air. Elle déglutit péniblement. La cellule « homicide 69 » examinait à présent les affaires passées non résolues. Ce qu'aux Etats-Unis on appelle les « cold cases ». Les enquêteurs étaient remontés de dix ans en arrière, mais n'avaient pour l'heure rien trouvé de concluant.

Elise soupira. Il était temps de ranger tout son attirail. Elle arrangea sur un coin de la table une pile bien nette de journaux et de magazines, et déjeuna en terrasse d'une salade nordique accompagnée de vin blanc.

**

Le dernier dimanche des vacances, à la veille de sa reprise, Elise, sans énergie, se força à se lever pour prendre un petit-déjeuner. Elle avala tout son thé, bien infusé et brûlant, mais ne put manger qu'une moitié de tartine. Elle se sentait oppressée.

Puis elle retourna dans sa chambre, en emportant au passage son lecteur MP3 et le roman policier de Patricia Highsmith qu'elle n'arrivait pas à terminer. *Le meurtrier*. L'histoire d'un homme malheureux en ménage, fasciné par un veuf dont l'épouse avait été retrouvée assassinée. Persuadé de la culpabilité du veuf, le héros cherchait à le rencontrer, à s'immiscer dans sa vie, tout en refusant de s'avouer que cette affaire le renvoyait à ses propres envies d'homicide. Compte tenu des circonstances, elle en goûtait l'ironie.

En dépit de la chaleur qui se diffusait dans l'appartement depuis le lever du jour, elle releva légèrement les stores de bois, ces jalousies importées par les Italiens à la Renaissance, pour disposer d'une lumière suffisante pour lire, et s'allongea. Mais elle n'avait pas non plus l'énergie de tenir son livre. Elle écouta donc de la musique, les yeux fixés dans le vide, tentant de repousser les vagues d'angoisse qui la saisissaient.

A midi, Elise se lava et s'habilla sans entrain, puis s'installa sur le canapé, dans la pénombre. Elle se traîna ainsi jusqu'au soir, s'abrutissant de séries télévisées. La perspective de reprendre le travail le lendemain la minait. Des collègues seraient en vacances et elle devrait sans doute assurer une charge de travail supplémentaire, sur des dossiers qu'elle connaissait mal. Elle ne parvint à s'endormir qu'après minuit.

Elle ne se souvint pas précisément de son rêve de cette nuit-là, mais il lui avait semblé qu'elle était plongée dans des ténèbres profondes, oppressantes. Elle se réveilla en sursaut, le cœur battant à vive allure, le souffle coupé. Affolée, elle alluma la lampe de chevet en tremblant, renversant au passage le verre d'eau placé sur sa table de nuit. Elle n'avait jamais connu une angoisse pareille. Elle allait mourir, c'était certain. Ses jambes s'étaient raidies, ses mains tremblaient, des bouffées de chaleur l'assaillaient. Elle se souvint d'avoir parfois été sujette à des malaises vagaux lorsqu'elle était plus jeune, mais jamais rien de si spectaculaire ne lui était arrivé. Elle tenta de retrouver son calme en maîtrisant sa respiration.

Tandis qu'elle fixait le plafond, inspirant et expirant avec application et lenteur, elle songea que ce malaise n'était vraisemblablement causé que par une banale chute de tension. Elle avait lu qu'en pareilles circonstances, il fallait faciliter la circulation du sang en surélevant les jambes. Elle tenta donc de les ramener vers elle, plaçant ses mains derrière les genoux. La tâche fut difficile. Ses jambes étaient lourdes et engourdies. La pièce continuait de tourner autour d'elle. Elle sentit alors avec plus d'acuité encore qu'habituellement l'étendue de sa solitude. Elle n'avait personne à appeler. Personne pour lui tenir la main, lui caresser avec douceur le front pour la rassurer. Elle ferma les yeux, attendit. Progressivement, la sensation de vertige s'estompa. Dix minutes plus tard, le malaise était passé. Soulagée, mais encore ébranlée, Elise ne parvint à se rendormir qu'au petit matin.

Quelques heures plus tard, elle se réveilla dans un piteux état. A un point tel qu'il lui parut inconcevable de reprendre le travail. « Qu'ils aillent tous au diable, se dit-elle, je me moque de ce qu'ils pensent. »

Elle appela son généraliste, qu'elle voyait très peu, et insista pour être reçue le plus rapidement possible. Le standard du cabinet médical l'informa que le médecin était en vacances, mais lui proposa, pour l'après-midi même, un rendez-vous avec son remplaçant. Elle accepta. Peu importait, après tout, du moment qu'elle trouvait quelqu'un à qui parler.

Le médecin qui l'examina lui trouva une tension anormalement haute et un rythme cardiaque un peu trop rapide. Renseigné sur les symptômes de la nuit précédente, il diagnostiqua une crise d'angoisse. Il s'enquit de ses conditions de vie et de travail. Elise hésita. Elle ne voulait pas confier les détails de sa vie à cet inconnu. Elle lâcha pourtant, à contrecœur :

— Il est vrai que je suis angoissée et très fatiguée ces derniers temps, sans trop savoir pourquoi. Et je suis seule, je ne peux donc pas en parler. Cela ne facilite pas les choses.

— Ne restez pas comme ça. Vous avez besoin de vous faire aider. Pensez un peu à vous. Vous devez vous reposer et consulter un spécialiste.

Elise ressortit de la visite avec en poche un arrêt de travail d'un mois et une prescription pour des médicaments qui l'aideraient à se relaxer. Le médecin lui avait également donné l'adresse d'un psychologue qu'elle n'avait pas l'intention de contacter.

Elle rentra chez elle, encore sonnée, appela le standard du service pour ne pas tomber sur un de ses collègues. Malgré son intense fatigue, elle se sentait soulagée, presque heureuse, de pouvoir ainsi demeurer chez elle un mois, sans travailler. Elle se roula en boule dans son lit et dormit jusqu'au milieu de l'après-midi.

Vers dix-huit heures, alors qu'elle écoutait de la musique, allongée dans le demi-jour de sa chambre, elle crut déceler une présence derrière sa porte d'entrée. Des raclements de pas, une toux légère, la firent sursauter. Elle baissa le son et se tapit, immobile, n'osant plus respirer. Au bout de quelques minutes, les pas s'éloignèrent et descendirent les escaliers.

« Ce n'est rien, se rassura-t-elle, personne ne me cherche. » Elle pensa brièvement au policier, ou à Cathy. Mais non, elle savait que ce ne pouvait pas être Cathy.

Elle passa dans le salon, se servit un verre. Elle tremblait encore, à la pensée que quelqu'un avait peut-être tenté de pénétrer chez elle. Elle reprit son livre sur Georges de la Tour, qu'elle n'avait pas eu le temps d'examiner à loisir. Elle s'assit sur le canapé, s'imprégna longuement de la beauté des peintures, en sirotant son apéritif. Elle avait ses préférées, qu'elle pouvait rester des heures à admirer : le Nouveau-Né et la série des Madeleines. Elle adorait la manière unique dont l'artiste restituait sur la toile la lueur des bougies, ces vacillantes lumières qui éclairaient les scènes d'une grâce irréelle.

La pénombre gagna l'appartement sans qu'elle s'en rendît compte.

Lorsque vint l'heure d'aller dormir, elle sut qu'elle ne pourrait pas courir le risque d'une nouvelle crise d'angoisse. Et elle était pleinement réveillée. La sieste lui avait fait du bien. Une envie de se dégourdir les jambes la pressait de sortir.

Il lui semblait que Franck lui disait : « viens ! »

Mais où l'attendait-il, dans cette vaste ville, à cette heure tardive ?

XVII

Une ville, la nuit. Sa face obscure, saturée de lumières artificielles, peuplée de créatures exotiques aux yeux d'une jeune femme raisonnable et rangée. Tels les grands fauves, dans la savane, se réunissant pour s'abreuver au lac le plus proche, dans les villes, à la même heure, des prédateurs d'une autre nature s'aventurent à la recherche d'un point d'eau symbolique. Elise s'en moquait ; ce soir-là, elle ne se sentait pas dans la peau d'une proie potentielle.

Tandis qu'elle foulait l'asphalte, inspirant l'air tiède de l'été à pleins poumons, elle réalisa que l'aventure était à sa portée. Si proche, si familière, mais demeurée longtemps inaccessible, pendant toutes ces années où elle avait vécu sagement. « Comme endormie, ou morte », pensa-t-elle. Elle regrettait de ne plus posséder de voiture. Elle s'en était si peu servie qu'elle avait fini par la vendre. Elle aurait pu rester à l'abri dans l'habitacle, tourner dans la ville, la musique de *Violator,* le meilleur album de Depeche Mode, en toile de fond, dans le lecteur de CD. Tant pis. Elle ne s'était jamais rien autorisé, mais cela allait changer.

Elle entra dans un bar sur lequel elle lorgnait depuis des années, l'Eden Rock café, situé rue Mercière, une artère piétonne animée où les restaurants pullulaient. Elle était souvent passée devant, regardant le programme des concerts avec envie. Plusieurs fois par semaine, l'établissement proposait gratuitement des prestations de groupes locaux reprenant des grands standards du rock et de la pop. Tout cela dans une ambiance simple et bon enfant. Pas de techno, pas de frime, pas de minettes de dix-huit ans en tenues provocantes et talons de quinze centimètres. Mais une foule joyeuse, d'âge varié, qui prenait du bon temps dans ce décor chaleureux et vintage, aux allures de pub anglais.

Intimidée, elle monta au premier étage, empruntant l'abrupt escalier de bois. Elle joua des coudes, se fraya avec peine un chemin jusqu'au comptoir noir de monde. Elle commanda une Margarita. Elle avait toujours voulu goûter ce cocktail. Elle trempa ses lèvres dans le breuvage, et soupira d'aise. Cette boisson était un pur délice. Dans la pénombre, elle regarda la petite scène. Les musiciens étaient si proches qu'elle aurait pu les rejoindre pour chanter. Ils jouaient un de ses titres préférés de U2. Un signe. Il était question de chagrins que l'on n'arrivait pas à noyer car ils avaient appris à nager. De quelqu'un qu'on avait essayé de détruire, mais qui attendrait jusqu'à la fin du monde.

Elle fut prise de frissons. Les poils blonds de ses bras se hérissèrent. Le rock avait toujours exercé ce pouvoir sur elle. Celui de la rendre autre, vibrante, vivante. Tandis qu'elle murmurait les paroles de la chanson, qu'elle connaissait par cœur, elle sentait une euphorie nouvelle, la vie coulait de nouveau dans ses veines, son sang circulait avec force, irriguant son cœur, son cerveau, tous ses membres. « Je n'ai pas trente-huit ans. J'en ai à peine vingt-cinq et ma vie débute vraiment. Tout peut recommencer. » Le barman se pencha vers elle. Il était déjà d'un certain âge mais toujours séduisant. Il lui sourit, et cria pour faire entendre sa voix par-dessus le vacarme, les riffs de guitare et les hurlements du public.

— Vous voulez autre chose ?

— Oui, répondit Elise, lui rendant son sourire. Je prendrai une autre Margarita.

***

Elise rentra à trois heures, grisée autant par la musique que par les cocktails qu'elle avait ingurgités. Elle gravit avec précaution les marches de l'escalier, consciente que, dans cet immeuble très calme, des bruits à cette heure de la nuit ne passeraient pas inaperçus. Elle passa lentement devant la porte de Liam, puis gagna son appartement au quatrième étage. Elle s'était sentie différente durant ces quelques heures, différente de l'Elise rangée et ennuyeuse qu'elle était petit à petit devenue. Elle était en train de muer, quittant sa vieille peau fatiguée.

N'ayant pas envie d'aller se coucher, elle se servit un verre de porto, amenant la bouteille avec elle dans le coin salon, sur la table basse. Elle alluma ensuite son téléviseur, sortit le DVD caché dans son meuble depuis plusieurs semaines. Puis elle déchira l'emballage, d'un coup sec, sans réfléchir, inséra le disque dans son lecteur et s'embarqua pour une tournée de souvenirs.

Frissonnante, elle vit apparaître sur l'écran de sa télévision les premières images de ce concert de Depeche Mode qu'elles avaient regardé sans cesse. Le sortilège opéra immédiatement : se replonger dans son obsession avait le pouvoir de la rajeunir de quinze ans, faisant apparaître à ses côtés le fantôme d'Alex. Pendant que les chansons défilaient, comme dans un rêve, elle se rappelait, sur chaque plan, leurs réactions et les remarques extatiques qu'elles s'échangeaient.

A mesure que le concert se déroulait, trop vite, elle se resservit du porto, pour prolonger le sentiment de légèreté et

159

d'insouciance qu'elle éprouvait alors. Elle se surprit à rire, comme une adolescente, en parlant à une Alex invisible, revivant leurs dialogues passés. Elles iraient à Londres, toutes les deux. Elles changeraient de vie. Alex le lui avait dit. Le monde ne leur avait-il pas appartenu, au moins pendant quelques mois ? Mais l'atmosphère changea tout à coup. Son rire s'éteignit. *Judas.* Martin Gore chantait, sa voix pure exhumait des émotions soigneusement enterrées, se lamentant sur les fausses promesses et les vains discours. Elise étouffa un sanglot.

Oui, Alex avait été Judas. Sur les écrans géants de la scène, derrière le chanteur, des flammes dansaient. Des bougies. Elle se mordit les lèvres. Elle savait qu'elle avait eu de bonnes raisons d'éviter la musique de ce groupe durant toutes ces années. Mais il fallait continuer, boire le calice jusqu'à la lie, afin de savoir si elle pouvait endurer cet afflux soudain d'émotions. Toutes ces chansons lui parlaient d'Alex. Dans chacune d'elle, elle retrouvait une expression, une phrase qui faisait écho en elle. Elle s'était toujours sentie si profondément connectée à leur univers, comme s'ils jouaient la musique de son âme, elle qui ne parvenait jamais à formuler clairement ses sentiments.

Puis, les premières notes de leur titre fétiche retentirent. *Never let me down again.* Ne me laisse plus jamais tomber. Quand elle l'entendait, elle ressentait toujours une excitation mêlée de douleur. A la fin de la chanson, le public euphorique se comporta comme à chaque concert : tel un seul homme, il tendit les bras en les balançant, de gauche à droite, créant une marée humaine qui vibrait, ondulait au rythme de la musique. En contemplant cette foule impressionnante, unie dans un même mouvement, Elise crut voir une mer déchaînée. Elle en avait mal au cœur.

Prise de nausée, elle sentit sa tête tourner, son corps s'affaisser. Elle glissa à terre, à hauteur de la table basse sur lequel reposait son verre. La tête sur l'assise du canapé, elle répéta en marmonnant, comme une supplique, « never let me down, never let me down », jusqu'à ce qu'elle s'endormît ainsi, recroquevillée, bercée par les chansons de sa jeunesse.

XVIII

Le lendemain matin, Elise expérimenta pour la première fois de sa vie la sensation désagréable d'avoir trop bu. « Le revers de la médaille », songea-t-elle en grimaçant. Elle releva à peine les stores : la lumière lui faisait mal. Pensive et embrouillée, elle s'absorba un moment dans la contemplation des bulles de son médicament effervescent censé aider les digestions difficiles. Puis elle l'avala d'une traite. Elle sentait qu'au moins deux jours seraient nécessaires à son organisme pour éliminer la quantité impressionnante d'alcool qu'elle avait ingurgitée la veille.

Elle tituba jusqu'à sa chambre. La pièce tournait. En jetant un œil distrait par la fenêtre, elle vit Liam sortir en courant de l'immeuble, vêtu d'un short et de chaussures de sport. Il emprunta d'un pas vif qu'Elise lui enviait la descente vers le centre-ville. Il ne travaillait donc pas, à cette heure de la journée ?

Soudainement dégrisée, elle se pencha pour le suivre des yeux jusqu'à le voir disparaître au coin de la rue. Puis elle s'habilla rapidement, approcha une chaise de la fenêtre et s'assit. Elle patienta là jusqu'à son retour, anxieuse mais déterminée. Au bout d'un temps qui lui parut interminable, elle aperçut de loin la silhouette de Liam, courant sous les platanes. Il avait selon toute apparence effectué une boucle sur les quais de Saône, puisqu'il revenait par le jardin des Chartreux.

Elle sortit l'attendre au pied de l'immeuble.

En la voyant, il ralentit. Tandis qu'il se rapprochait de la porte d'entrée, il commença à éponger la sueur de son visage avec les bandeaux qu'il portait aux poignets. Son tee-shirt gris était trempé. Il haletait, mais lui sourit.

— Vous allez bien ? souffla-t-il, en se penchant en avant, les mains sur les genoux.

— Oui, merci. Vous n'êtes pas au travail ?

Liam fit une curieuse grimace et répondit en effectuant de mystérieuses contorsions censées étirer les muscles des jambes.

— Je suis en congé malgré moi. Ma hiérarchie m'a forcé la main. Il paraît que j'avais trop de jours à poser. Et vous, vous ne deviez pas reprendre prochainement ?

Elise bafouilla.

— Je suis en arrêt, pour quelques jours.

Liam lui jeta un regard surpris. Elle poursuivit :

— Je voulais vous parler de quelque chose. C'est au sujet de ce que vous m'avez dit l'autre soir.

Liam releva la tête. Il ne souriait plus. Il commença à chercher les clés de l'entrée dans la poche de son short.

— Quoi donc ?

Elise hésita.

— Et bien... Quand vous m'avez dit... Lorsque je vous ai demandé... enfin... lorsque nous avons parlé de l'affaire... Dont vous ne vous occupez pas, bien sûr... D'ailleurs cela ne me regarde pas mais...

Liam la regarda en plissant des yeux.

— Et si vous en veniez aux faits ?

— Et bien, vous m'avez assuré que je n'avais rien à craindre, mais qu'avez-vous voulu dire par là ? Après tout, il a tué juste à côté d'ici. Elise désigna du menton le jardin des Chartreux. Il s'est rapproché et...

Liam l'interrompit, il soupira.

— Décidément, vous aussi ! Tout le monde veut me tirer les vers du nez. Même mon banquier. Et je ne vous parle pas de Mme Vernay. Elle me tanne pour savoir quand on va l'arrêter. Comme si j'en savais quelque chose.

En voyant l'expression d'Elise, il se radoucit.

— Écoutez, montez donc avec moi, nous serons plus tranquilles pour discuter. Il ouvrit doucement la porte, puis chuchota :

— Faisons vite et soyons discrets, je ne voudrais pas me faire alpaguer par la voisine, justement.

Ils montèrent sur la pointe des pieds, comme des conspirateurs. Arrivés au palier du troisième étage, Liam invita Elise chez lui. Elle entra, hésitante. Liam s'excusa un instant, le temps, lui dit-il, de prendre une douche rapide. Il lui désigna la machine à expresso qui trônait, rutilante, sur un plan de travail en bois blond.

— Servez-vous, faites comme chez vous, j'en ai pour cinq minutes.

Restée seule, Elise parcourut la pièce des yeux avec curiosité. Elle était sobre, plutôt propre et bien rangée pour un intérieur de célibataire. Les murs étaient blancs et la décoration dépouillée, comme chez Elise. Un gigantesque poster de *Kill Bill* apportait les seules notes de couleurs

165

violentes au milieu de cette atmosphère épurée. Jaune canari et rouge sang. Derrière une porte entrebâillée, elle devinait une chambre, encombrée par des piles de cartons volumineux. Où dormait-il, alors ? Sur le canapé-lit bleu marine, sans doute, à l'extrémité duquel se trouvaient, soigneusement pliés, un drap et une couette légère.

Elle songea avec amusement qu'elle était dans l'appartement d'un homme jeune et disponible, qui était en train de prendre une douche dans la pièce d'à côté. Quelques jours auparavant, cette perspective l'aurait affolée. Mais était-ce encore l'effet de l'alcool qui restait dans son sang ? Elle se sentait désinhibée. Elle était venue dans un but précis et ne repartirait pas sans sa réponse.

Liam revenait déjà. Il avait passé un jean et un polo blanc, mais il était pieds nus. Ses cheveux humides sentaient bon le gel douche.

— Vous ne vous êtes pas servie ? dit-il en riant. Décidément, il faut tout faire.

Il prit dans le placard mural deux tasses de porcelaine blanche, et les plaça sous l'appareil.

— Un expresso ou un café allongé ?

— Je ne veux rien, merci. L'odeur du café lui donnait mal au cœur. Alors, expliquez-moi. Ce que vous avez voulu dire.

Liam changea instantanément, se rappelant la raison de la présence d'Elise. Une ombre passa sur son visage, voila ses yeux. Il prit la tasse entre ses deux mains, se dirigea vers la fenêtre, lui tournant le dos.

— Le tueur aux cierges, siffla-t-il entre ses dents. La nouvelle star des médias et la future coqueluche des

166

midinettes. Attendez qu'ils l'arrêtent, vous allez voir. Il va recevoir des lettres d'amour enflammées. Comme tous ces tordus.

Elise protesta :

— Non, ce n'est pas... Il l'arrêta d'un geste.

— Pas vous, bien sûr. Mais vous avez peur, n'est-ce pas ? Et vous vous demandez pourquoi vous n'avez rien à craindre ?

Elise retint son souffle.

— Parce que, figurez-vous, cette histoire de tueur en série, c'est, selon moi, une gigantesque farce !

— Je... Je ne comprends pas.

Liam soupira. Il revint près d'elle, s'appuya contre le plan de travail.

— Vous avez lu le profil de l'expert que tous les journaux ont diffusé ?

— Oui, mais...

— Rien ne vous a frappé ?

Elise hésita, puis décida d'être franche :

— J'ai trouvé que c'était un ramassis de lieux communs.

Liam éclata d'un rire nerveux.

— Et oui, nous y voilà.... Et en parlant de lieux communs... Que pensez-vous du rituel ? Il ne s'est pas foulé, non ? On dit toujours que les serial killers ont un rituel. Lui, ce serait plutôt l'absence de rituel qui le caractérise.

— Mais les cierges ?

— Pff. C'est du folklore pour touristes. Symbolique religieuse, sexuelle, tout ce que vous voulez. Mais c'est un peu léger, non ? Vous savez ce que je pense ? Que ce salopard

167

fait le minimum syndical pour effrayer et distraire les gogos. Mais qu'il poursuit un autre but...

Elise frissonna. Liam l'inquiétait, en cet instant. Et ce qu'il lui disait ouvrait sous ses pieds un précipice au-dessus duquel elle ne voulait pas se pencher.

— Et quel serait, selon vous, ce but ?

Le visage de Liam se ferma davantage.

— Je ne sais pas. Et d'ailleurs, comme je vous l'ai déjà dit, cela ne me regarde pas. Je ne vous ai pas menti. Je ne m'occupe pas de cette affaire.

Il fit un geste ironique en direction de son salon :

— Serais-je en vacances si c'était le cas ?

XIX

Voici venu l'hiver de notre mécontentement : cette phrase tirée de *Richard III*, de Shakespeare, lui revenait continuellement en mémoire. En l'occurrence, l'hiver avait commencé dès la fin du mois d'août. Suite à la scène entre Alex et elle, qui avait mené à ce qui ressemblait à une prise de distance définitive, Elise commença à couler.

Elle restait prostrée pendant des heures chez elle, allongée sur le carrelage froid, les volets fermés, écoutant sans discontinuer leurs chansons préférées, plus encore que dans leur période de folie à deux. Elle passait du désespoir à la rage, de l'incompréhension à la haine, de l'auto-apitoiement à un sentiment de toute puissance où elle aurait sa revanche, contre Alex, contre l'imbécile dégénéré qui la lui avait volée, et contre tous les êtres humains de la terre qui ne pouvaient comprendre sa souffrance. La douleur la faisait imploser de l'intérieur, la fragmentant en une myriade de petites unités insignifiantes. Il lui semblait qu'elle avait cessé d'exister. Alexandra, tel un vampire, avait tout pris, tout absorbé d'elle, la laissant comme un corps vide de toute substance, une carcasse qui arrivait encore tout juste à se traîner pour effectuer quelques gestes du quotidien. Mais alors, pourquoi cette douleur ? La véritable mort, la mort physique, pourrait seule mettre un terme à son malheur.

Mais le véritable supplice était d'ignorer ce qu'Alex fabriquait. Il ne pouvait pas s'écouler une heure sans que, le souffle coupé, elle imaginât Alex heureuse, avec ses parents, son petit ami, et même les parents de son petit ami. Tout ce joli monde réuni, satisfait de lui-même, tandis qu'Elise passait ses journées seule dans le noir.

Dehors, il faisait un temps magnifique. Septembre cette année-là se para des habits d'un été indien idyllique. Comme il aurait été agréable de se promener encore, d'admirer la palette automnale des arbres dans le jardin du Rosaire, de prendre des photographies dans cette atmosphère aux couleurs si douces et si chaudes à la fois. Au lieu de profiter de tels moments, elle restait cloîtrée, sans personne avec qui partager sa vie.

Certains jours, elle réunissait tout son courage et sortait profiter de la douceur du climat. Mais elle rentrait bien vite, à la vue des groupes d'amis ou des couples. L'étalage de leur bonheur était comme autant de gifles, d'insultes personnelles. La fureur montait en elle tandis qu'elle se sentait de plus en plus flouée, comme la dernière des idiotes, celle qui n'avait pas été invitée à un goûter anniversaire où tous les élèves de sa classe avaient été conviés.

— Je t'ai oubliée, avait dit le lendemain, sincèrement désolée, la petite fille qui avait été la reine de la fête.

Trop discrète. Trop timide. De celles qu'on oublie. Mais elle ne laisserait pas Alex s'en tirer aussi facilement que sa camarade de CM1.

Au milieu de ses tourments, elle bénissait le ciel pour cet été indien inespéré, permettant à ses parents retraités de profiter de la campagne pour quelques semaines supplémentaires et lui laissant l'appartement pour elle seule.

Elle allait cependant les rejoindre en car, chaque dimanche, le temps d'une journée familiale où elle parvenait tant bien que mal à cacher son effondrement intérieur. Le dimanche soir, elle rentrait, le cœur gonflé par les larmes qu'elle s'était retenues de verser, et éclatait en sanglots dès qu'elle fermait la porte de leur appartement lyonnais. Elle ruminait son chagrin et sa rancœur tandis qu'elle errait de pièce en pièce, tel un fantôme.

Un matin, après une nuit d'insomnie qui l'avait laissée exsangue, alors qu'elle essayait sans envie aucune d'avaler un semblant de petit-déjeuner, une pensée la traversa comme un coup de couteau.

— Elle y va sans moi. Elle l'emmène là où on allait. Ils vont à Fourvière, dans le jardin du Rosaire, c'est évident.

Elise sentit monter en elle une rage sauvage. Jeudi était le jour de repos hebdomadaire d'Alex, puisqu'elle travaillait à temps partiel. Le temps passé avec elle autrefois devait bien être occupé par son « Ludo ». Et que pouvaient-ils faire, ou pourraient-ils aller ?

C'était une certitude. Le romantisme du lieu et ses coins intimistes se prêtaient à une ridicule amourette naissante. Alex n'avait pas d'imagination, et la banlieue où elle vivait était lugubre. Elle retournerait forcément là où Elise l'avait amenée, profanant ainsi la sacralité de ces lieux avec son bellâtre. Elle arpenta sa chambre pendant des heures d'un pas nerveux, se tordant les mains et s'enfonçant dans la chair ses ongles trop longs. Elle ignorait comment dissiper la tension insupportable qui l'avait saisie.

Elle sut soudain ce qu'il lui restait à faire, et se sentit plus légère. Dans un état second, elle se vit ouvrir le tiroir à couverts et en extraire le couteau à viande le plus gros et le

171

plus dangereux de la maison. Elle l'enveloppa d'un torchon et le fourra dans son sac. Puis elle sortit à toute vitesse, piquée par la jalousie. Elle allait les débusquer. Qu'ils ne comptent pas profiter de leur après-midi tranquilles. Elle ne répondrait plus de rien si elle les trouvait effectivement là-bas.

Bien entendu, cela n'avait rien donné. Elle avait arpenté le site comme une furie, effrayant certainement au passage quelques touristes avec ses yeux rageurs et son air agité. Elle avait passé au peigne fin la basilique, la crypte, l'esplanade et le jardin du Rosaire dans ses moindres recoins. Elle avait gardé pour la fin le jardin aux roses anciennes, qui, avec ses tonnelles de roses et ses bancs au milieu des fleurs, offrait une belle vue sur la ville. Elles s'étaient souvent assises là pour manger leurs sandwichs, quand il faisait trop chaud ailleurs. Il était inconcevable que ces instants bénis aient pu être balayés en quelques semaines sans aucune raison valable. Qu'aurait-elle fait en les voyant ? Aurait-elle sorti son couteau pour les menacer ?

Elle s'était assise un moment, ses forces évanouies. Il ne lui restait plus qu'à rentrer s'enfermer dans l'appartement de ses parents, étouffant et exigu, pendant qu'Alex prenait du bon temps ailleurs. Elle était peut-être à Bellecour, à une terrasse de café, en train de manger une glace avec son pantin qui la couvait des yeux. Tandis qu'elle ruminait ces pensées amères, un jeune couple était passé devant elle, le nez en l'air, un guide à la main. Ils avaient l'air bien ensemble. Elise avait alors mesuré le gouffre qui la séparait de ces gens. Ils étaient tous réunis à l'intérieur, bien au chaud près de la cheminée, pendant qu'Elise, dans la neige et le froid, tambourinait contre la porte. Mais personne ne lui avait jamais ouvert. Et Alex était parvenue à rentrer sans elle.

Cette expédition ratée fut suivie par plusieurs jours de prostration, passés à fixer le plafond de sa chambre. Toute sa rage envolée, elle ne savait plus comment mettre fin à sa souffrance. Elle se sentait tomber, toujours plus profondément, dans un abîme. Elle n'avait plus la force de se battre pour en sortir. Jusqu'à ce qu'une idée s'imposât à elle.

XX

C'est souvent lorsqu'on ne s'y attend plus que les miracles arrivent. Elise avait baissé sa garde depuis des jours. Il lui semblait même que la recherche de Franck, qui avait tout déclenché, était devenue un vague réflexe, lui fournissant le prétexte de sortir. En réalité, elle goûtait pour la première fois une liberté nouvelle. Elle n'avait plus peur et la torpeur, la lassitude qui l'empêchait de vivre sa vie avait disparu.

Quand elle parcourait la ville la nuit, quand elle croisait les groupes de joyeux noctambules ou les désœuvrés qui erraient, en quête d'aventures, elle se sentait de connivence avec eux, comme s'ils appartenaient à une grande famille. La famille des oiseaux de nuit, autrement plus attractive que celles des fonctionnaires, des vieilles filles, ou des amateurs de Scrabble. Rentrer tard ne l'effrayait plus. Elle avait un couteau dans son sac à main. Et l'homme le plus dangereux de la ville, elle n'arrivait précisément pas à lui tomber dessus. Elle finit donc par se croire invulnérable. Lorsqu'elle regagnait son domicile par les quais, la ville illuminée semblait l'accompagner d'un sourire complice, étendre ses bras protecteurs jusqu'à elle. Elle n'était jamais vraiment seule et se sentait reliée à l'univers, à l'espace, aux étoiles qui brillaient au-dessus d'elle. Elle habitait cette ville et cette ville vivait en elle.

Quelque part, au cœur de cette multitude de gens, se trouvait un homme, un homme brun, sombre et mystérieux, qui respirait le même air qu'elle, et ils se retrouveraient un jour. Elise ne cherchait jamais à pousser plus loin sa rêverie, comme si ses contours flous lui suffisaient. Elle s'arrêtait à la lisière de ce songe, de peur que le plus petit soupçon de réalité ou de concret fît retomber ce rêve dans le trivial et le sordide. Elle n'était plus séparée par une vitre de l'existence qu'elle désirait. Elle la vivait. Sa vie était un film, une série, une fiction. Sillonnant les rues en pleine nuit, elle fredonnait souvent les chansons que jouait son lecteur MP3 et qui accompagnaient ses errances solitaires mais heureuses. Elle ne fut jamais importunée par personne.

Une nuit où, lassée, elle était rentrée plus tôt, Elise retourna pendant son sommeil dans ces ténèbres devenues familières. De nouveau seule, elle parcourait la première pièce, celle aux tableaux, qui tenait à la fois de l'atelier d'artiste et de la salle de musée. Des draps recouvraient des formes qui devaient être des sculptures. Elise n'osa pas les soulever. Elle tourna la tête et avisa le mur opposé qu'elle n'avait pas encore examiné. Elle s'en approcha, étonnée de parvenir à discerner les toiles malgré la pénombre.

Elle se sentit décontenancée. Devant elle, parfaitement alignée, une rangée de tableaux familiers, de la main d'un même artiste, était accrochée. Des personnages vêtus de longues tuniques vaporeuses, dans un coin de nature idyllique, faisaient une ronde. Certaines peintures représentaient uniquement un tout jeune couple, le garçon ressemblant, par sa tenue et la finesse de ses traits, à une femme. Sur une des toiles, ils étaient enlacés, flottant dans l'air parmi les nuages.

Un tableau lui fit particulièrement impression : les deux personnages, de dos, appuyés l'un contre l'autre, se soutenaient pour gravir un escalier de pierre. Cet escalier était bordé d'un côté de rochers, surplombés par un arbre mort, de l'autre flanqué d'un haut mur qui le longeait jusqu'à son sommet. Ce mur accueillait des niches, peuplées de personnages inquiétants, sombres, qui semblaient effrayer les deux jeunes gens.

Le poème de l'âme, de Louis Janmot. Oui, bien sûr. C'était elle qui avait fait connaître à Alex cette série de toiles d'un peintre lyonnais du XIXème siècle exposée au musée des Beaux-arts. Alex en avait été très impressionnée. Elise préférait de loin les Flamands, et avait hâte de faire admirer à son amie un cycle de tableaux de Brueghel de Velours représentant les quatre éléments. Mais elle savait qu'Alex apprécierait davantage ces peintures éthérées, d'une facture délicate, qui exposaient les différentes phases et épreuves que devait traverser une âme humaine : sa génération dans les cieux, son arrivée sur terre, son enfance, son éducation, puis le début de l'âge adulte, vécu dans la solitude après la perte de l'être aimé.

Son amie était restée de longues minutes immobile devant chaque toile. Elise n'avait pas osé l'interrompre dans sa contemplation. Puis, Alexandra s'était retournée vers elle, les yeux humides.

— Merci pour cette découverte, lui avait-elle soufflé, à voix basse.

Pourquoi ce souvenir, somme toute insignifiant, lui revenait ainsi dans un rêve, comme un message crypté du passé ? Quelque chose dans cette scène sonnait faux. Il y manquait un élément. Elle se souvint d'être restée, mi-fascinée mi-effrayée, devant l'un des tableaux. *Le cauchemar*. Une vieille femme au regard vide, vêtue de noir, portait dans ses bras une jeune fille blonde inanimée, tandis qu'elle pourchassait, au travers d'un couvent ou d'une église, un jeune homme terrifié jusqu'aux abords d'un précipice.

Bien qu'absorbée dans sa contemplation, Elise avait senti une présence silencieuse à proximité. Se retournant, elle avait aperçu une silhouette fugitive disparaître dans les escaliers. Elle avait alors éprouvé la nette sensation d'être observée. Cette impression ne l'avait pas quittée durant toute la visite. Dans les salles de la section Egypte antique, plongées dans la pénombre, elle s'était encore accrue.

Elise fut réveillée à dix heures du matin par un rai de lumière qui filtrait au travers des jalousies. Elle s'étira, bailla, profitant du privilège de pouvoir ainsi rester au lit, alors que ses collègues travaillaient depuis deux heures déjà. Puis elle se leva, passa à la cuisine d'un pas traînant, fit la grimace en découvrant le contenu de son réfrigérateur : un yaourt, du beurre et de la confiture. Dépitée, elle songea qu'elle n'avait pas fait les courses depuis fort longtemps. Elle décongela du pain, s'assit à la table de la cuisine. Tandis qu'elle prenait son petit-déjeuner, elle songea que le rêve de la nuit précédente s'apparentait à une sorte de rappel à l'ordre, lui intimant de continuer ses recherches. « Je n'ai pas persévéré », se reprocha-t-elle.

Et si la solution se trouvait dans ses souvenirs, dans son passé ? Était-ce cela la signification du songe ? Après tout, ses rêves l'avaient jusqu'à présent guidée vers la vérité. Peut-être devrait-elle continuer à écouter son instinct.

Elle alla récupérer son carnet violet, le fixa d'un air perplexe. Une piste se trouvait peut-être à l'intérieur, dans ces pages noircies de sa petite écriture nerveuse. Elle le feuilleta, sans trop y croire.

C'est plutôt l'absence de rituels qui le caractérise. Les réflexions de Liam lui revinrent en mémoire. Selon lui, les meurtres étaient une mise en scène cachant un autre dessein. Elle déglutit péniblement. Elle songea de nouveau aux cierges, à ce message que Franck semblait lui adresser, à distance. Et si tout le reste était à l'avenant ? Et si toute l'histoire se résumait à cela, depuis le début ?

A maintes reprises, elle avait tenté d'établir un schéma grâce aux faits dont elle avait connaissance ; elle s'était renseignée sur les dates de naissance des victimes, afin d'en déduire leurs signes astrologiques ; avec les maigres outils dont elle disposait, elle avait accumulé des informations essentielles sur leurs profils, leurs professions, leurs fréquentations, cherchant un point commun. Elle avait même, sur un plan de la ville, tenté, sans succès, de tracer un pentagramme à l'aide des points représentant les lieux de découverte des corps. Et si la solution était plus simple que cela ? Beaucoup plus simple ? Elle se sentit mal tout à coup, au bord de la nausée, tandis qu'elle feuilletait les pages en tremblant. Elle s'arrêta net, ne voyant plus soudain que l'évidence, qui lui brûlait les yeux. Les victimes. Emeline, Laetitia, Irène, Sonia, Elodie. E.L.I.S.E.

Prise d'un haut-le-cœur subit, Elise se précipita vers l'évier de la cuisine et vomit. En tremblant, elle se cramponna au meuble de toutes ses forces. Il lui semblait que Franck allait débarquer dans la minute, enfoncer sa porte et finir le travail. Était-elle la prochaine victime ? Non, cela n'avait aucun sens. Et la police ? Allait-elle faire le lien ? Elle devait se raisonner, retrouver son calme et les idées claires. Elle passa sa tête sous un filet d'eau froid. Puis elle se sécha avec un torchon de cuisine, en prenant de profondes inspirations.

Elise fit les cent pas dans l'appartement. La clé s'était trouvée sous son nez, depuis des semaines, écrite noir sur blanc dans son cahier. Quelle idiote elle avait été ! Certes, elle avait pressenti que Franck s'amusait avec elle. Les cierges en étaient la preuve. Mais elle avait manifestement sous-estimé la force de son obsession, jetant à la face du monde son identité, en lettres de sang. L'instinct de Liam lui avait soufflé la vérité. Franck amusait la galerie, d'une manière macabre, atroce. Ces femmes n'étaient que des pions. Cette idée vrillait le cœur d'Elise, lui retournait l'estomac.

En revivant la nuit précédente ce souvenir, elle en était intimement persuadée, a posteriori : quinze ans plus tôt, quelqu'un les avait suivies, Alex et elle, durant cet après-midi passé au musée des Beaux-arts. Franck, sans doute. Et si le musée était le lieu où tout avait commencé, où il l'avait épiée pour la première fois ? Elle enfila ses chaussures. Il était grand temps d'effectuer une petite visite culturelle, comme elle se l'était promis au début de ses vacances, et revoir, entre autres, ces fameux tableaux de Louis Janmot. Elle frissonna. Franck semblait décidé à jouer. Elle se surprit à penser à voix haute : « Et bien soit, jouons. »

XXI

Trente-cinq degrés à l'ombre. Elise fit la grimace en avalant les dernières gorgées de sa bouteille d'eau tiède. Se retrouver ainsi, sur la place des Terreaux, en plein après-midi, au cœur de la canicule, était un supplice. Le site, minéral, sans l'ombre d'un brin d'herbe ou d'un buisson, offrait sur sa face nord une rangée de terrasses, saturées de clients assoiffés. Dans les microfontaines, disposées en damier, des pigeons apathiques pataugeaient, tentant de se rafraîchir. Ruisselante de sueur après sa descente en centre-ville au pas de course, Elise prit quelques minutes pour admirer le palais Saint-Pierre qui se dressait devant elle.

Cette ancienne abbaye royale des Dames-de-Saint-Pierre, érigée au XVIIème siècle en lieu et place de bâtiments médiévaux et reconvertie en musée au XIXème siècle, était un édifice de taille imposante, qui déployait majestueusement sa façade en pierre de taille sur le côté sud de la place, formant un angle droit avec l'Hôtel de Ville.

Dès qu'Elise pénétra dans l'ancien cloître, reconverti en jardin, le tumulte de la circulation et des bruits de la ville s'estompèrent, remplacés par le pépiement des moineaux et le doux murmure de la fontaine. Une sensation de calme absolue l'envahit. Elle admira à travers les frondaisons la beauté des gracieuses arcades du cloître, surmontées de médaillons, tandis qu'elle empruntait l'allée centrale menant à l'accueil.

La billetterie passée, elle se dirigea sans hésitation au deuxième étage, dans la salle dédiée à la série des dix-huit peintures composant le *Poème de l'âme*. Elle fut un peu déçue, les toiles étant moins fascinantes et intrigantes que dans son souvenir. Mais à l'époque, elle était jeune, et plus facilement impressionnable. Elle en sourit. Son intérêt émoussé, elle s'assit sur un banc, ne sachant que faire, attendant que quelque chose, elle ne savait quoi, se déclenchât enfin. La lassitude la gagna rapidement. Après quelques minutes d'hésitation, elle se rendit dans l'ancienne église Saint-Pierre, qui abritait la collection de sculptures du musée.

Il était là.

Après toutes ces semaines, elle avait craint de ne pas le reconnaître. Mais elle sut, avec certitude, qu'il s'agissait de lui en apercevant sa silhouette de dos. Arborant un costume sombre bien coupé, il offrait un contraste saisissant avec les autres hommes présents dans la chapelle, vêtus de bermudas et de sandales. Absorbé dans la contemplation du *Caïn et sa race maudits de Dieu*, un monumental marbre d'Antoine Etex, comme il l'avait été par la vision des cierges dans la crypte, il n'avait pas dû la remarquer.

Elise, pensive devant une statue de Pandore tenant sa célèbre boîte à la main, avait simplement tourné la tête et l'avait vu à quelques mètres d'elle ; elle fut prise de panique. Son premier réflexe fut de se dissimuler derrière une toile dépeignant Moïse présenté à Pharaon, accrochée à un panneau qui coupait la nef en deux.

Elle resta quelques secondes cachée, se sentant idiote, guettant les bruits de talons qui se rapprochaient. Une vieille dame la regarda, perplexe, puis porta son attention sur un buste d'homme barbu. Elise fit un pas en avant, pencha la tête avec précaution pour regarder la nef. Franck était toujours là. Il s'était légèrement déplacé, et admirait à présent la statue imposante d'un lion luttant avec un serpent.

En le voyant ainsi de côté, le cœur d'Elise fit un bond. Plus aucun doute n'était possible : le profil osseux, les yeux sombres enfoncés dans leurs orbites, frangés de cils presque féminins, lui étaient familiers. Le petit voisin malingre et trop grand pour son âge était devenu l'homme qui se tenait à quelques mètres d'elle. Elle en fut mal à l'aise. Tant qu'il subsistait un doute, elle pouvait toujours faire machine arrière, prétendre que toute cette histoire ne la concernait pas et retourner dans sa routine. Elle comprit en l'espace d'un instant que cette option, cette issue de secours, lui serait dorénavant refusée.

Franck monta les quelques marches qui menaient vers la sortie. Elise lui emboîta le pas, restant à bonne distance.

L'homme quitta l'édifice, longea le jardin. Il marchait d'un pas assuré, mais tranquille, regardant toujours droit devant lui.

Dehors, le ciel était gris sombre, et les nuages menaçants s'étaient amoncelés au-dessus de la ville. Au milieu de la moiteur, l'air commençait à se charger de fines particules d'humidité. « L'orage approche, pensa-t-elle avec appréhension, pourvu qu'il arrive rapidement à destination. »

Il descendit un moment la rue Edouard Herriot puis bifurqua vers la gauche, rue du Bât d'argent, en direction du Rhône. Elise en déduisit qu'il ne rentrerait pas chez lui directement et fut déçue. Il habitait dans le Vieux-Lyon, il ne pouvait pas en être autrement. Alors, où allait-il ? Ils s'engagèrent dans la rue de la Bourse, à la hauteur du lycée Ampère. En passant devant un horodateur, Elise regarda l'heure. Dix-sept heures pile. Si son ancienne voisine avait dit vrai, Franck était riche, il n'avait pas besoin de travailler, il était libre de se promener quand l'envie lui en prenait, à toute heure du jour et de la nuit. Elle l'enviait.

Ils traversèrent le pont Lafayette, puis descendirent les quais du Rhône déserts, passant sous une double rangée de platanes. Le vent chaud commençait à souffler, de plus en plus fort, soulevant la terre rouge qui crissait sous les sandales d'Elise et lui piquait les yeux. Elle ralentit, de peur qu'il ne fît demi-tour et la vît. La lumière avait baissé. Puis le premier coup de tonnerre craqua. Elise sursauta, elle avait horreur de l'orage, et une peur panique de la foudre. Franck continua son chemin tranquillement, sans jamais se retourner.

Enfin, il quitta les quais et tourna à gauche, empruntant la rue Servient, une longue artère qui menait au quartier des affaires de la Part-Dieu. Elise pressa le pas, se rapprocha. Il entra dans un immeuble bourgeois de cinq étages, dont la lourde porte en bois se referma devant elle. Décontenancée, elle chercha sur le mur une hypothétique plaque de médecin, pensant qu'il avait peut-être un rendez-vous chez un professionnel travaillant dans cet immeuble cossu. Mais elle n'en vit aucune. Puis, elle s'approcha de l'interphone, parcourant fiévreusement la liste de noms. Elle étouffa un cri de triomphe. Pas de Franck Augier, mais un F.A discret. Elle avait enfin déniché son antre.

Elle traversa la rue, pour disposer d'une vue d'ensemble de la façade. Une fenêtre s'ouvrit au quatrième étage, puis une bourrasque survint, la faisant claquer brutalement. Le ciel s'obscurcit encore davantage, et les premières gouttes commencèrent à tomber avec violence. Elise resta un moment debout sous la pluie, fixant toujours la fenêtre du quatrième.

Elle fut rapidement mouillée. Ne décelant plus aucun mouvement sur la façade, Elise s'éloigna à regret, traversa le pont d'un pas vif pour trouver refuge dans une boutique de la Presqu'île. Des passants s'étaient massés sous les porches pour s'abriter de l'orage. D'autres couraient comme des fous jusqu'à la bouche de métro la plus proche. Elise entra dans un magasin de meubles où elle avait ses habitudes. Frissonnante, elle se sécha avec des mouchoirs en papier, tentant de reprendre ses esprits. Elle était sous le choc de la découverte, mais elle ne se sentait pas encore la force de revivre et d'analyser les événements de ces dernières heures. « Plus tard, se dit-elle, j'ai besoin de faire le vide. »

Puis elle flâna longtemps dans le magasin, s'imaginant vivre dans un spacieux appartement, doté d'un luxueux canapé d'angle venu d'Italie, de meubles design, d'une bibliothèque remplie de beaux livres. Comme elle aurait aimé posséder un salon comme ceux exposés dans cette belle boutique pour bourgeois bohèmes.

Elle pensait à quel point ce serait merveilleux d'avoir des amis qui s'accorderaient à ce décor. Elle les inviterait tous les vendredis soir à prendre l'apéritif. Ils passeraient la soirée avec elle, assis tous ensemble sur le canapé, à discuter de tout et de rien et à jouer à des jeux de société. Des verres de cocktail de toutes les couleurs et des apéritifs concoctés par ses soins seraient disposés négligemment sur la table basse.

Ces rêveries lui rappelèrent l'unique fois où elle fut invitée à prendre le thé un samedi chez une collègue de travail. C'était « une réunion entre filles, avait précisé la jeune femme, souriante, et je suis hôtesse pour une marque de bougies parfumées, il y aura une démonstration. »

Chez elle, tout était beau, comme dans le magasin. Sa vie, ses amies et son mari étaient sûrement aussi parfaits que son foyer. Elise en était ressortie heureuse, d'avoir été intégrée au petit groupe, d'avoir mangé des cupcakes et d'avoir plaisanté. Emportée par son enthousiasme, elle avait acheté trois boîtes de bougies parfumées onéreuses, qu'elle n'avait jamais utilisées.

A travers les vitrines, Elise vit que l'orage s'était enfin calmé. Il était plus de dix-huit heures trente. Ne voulant pas être mise dehors à la fermeture du magasin, elle prit à regret le chemin de son appartement.

XXII

Le lendemain, elle se sentait comme les matins de Noël, enfant, lorsqu'elle avait terminé d'ouvrir tous ses paquets cadeaux. La joie de l'attente, l'excitation, la curiosité, tout s'était évaporé et elle restait là, déçue, en pensant : « ce n'est donc que cela, où est passée la magie de la veille ? »

La magie résidait dans l'expectative, dans l'espoir de ce que l'on ne possédait pas encore. Elle avait rêvé de Franck, l'avait recherché avec fébrilité et ferveur. Elle avait enfin découvert où il vivait. Mais qu'est-ce que cette révélation changeait à sa vie, en réalité ? Tandis qu'elle ressassait ainsi ces idées sombres, un goût amer en bouche, elle se recoucha. Elle éprouvait la même chose qu'il y a quinze ans, lorsque vidée, accablée, elle s'était réfugiée dans sa chambre de grande adolescente, chez ses parents. Mais l'inactivité, le silence et le vide ne faisaient qu'aggraver la confusion de son esprit. Les souvenirs se mêlaient, la tête lui tournait. Si seulement elle avait la force de se mettre debout et de se préparer pour sortir. L'extérieur seul pourrait la sauver. Le mouvement et les bruits de la vie, des gens, des autres. Tout plutôt que rester sur son lit à écouter la pendule qui égrenait ses heures de solitude.

Elle se leva brusquement, chercha des vêtements dans l'armoire. En enfilant une vieille jupe portefeuille, trop longue, un peu démodée, elle eut un hoquet. La jupe glissa sur ses hanches, manquant de peu d'atterrir sur ses pieds. Elle se regarda, stupéfaite, dans le miroir. Elle avait maigri : le petit ventre rond avait disparu, ses cuisses s'étaient affinées. Même son visage paraissait creusé. Cela la vieillissait peut-être un peu, mais donnait à ses traits un caractère nouveau, faisant ressortir ses lèvres pleines et ses yeux en amande. Elle retrouva dans ses affaires une jupe en jean marron, arrivant au-dessus du genou. Elle enfila ses sandales à talons et regarda ses jambes. Satisfaite de son apparence, elle sortit.

Elle descendit jusqu'à la Presqu'île et longea les quais, passant à proximité des bouquinistes. Dédaignant les cafés qui se présentaient sur sa route, elle entra dans l'église Saint-Nizier, afin de réfléchir en paix. Elle pensa ironiquement qu'un quelconque observateur extérieur la considérerait comme une bigote, une grenouille de bénitier. Elle en avait d'ailleurs croisé beaucoup, au cours de ses pérégrinations estivales, de ces vieilles femmes, des veuves sans doute, qui venaient se recueillir et adorer Jésus. Dans leur malheur, il leur restait au moins la foi. Elise songea qu'elle n'adorait personne, hélas. Ni dieu ni être humain.

Elle demeura dans l'église pendant deux heures, à l'abri de la chaleur qui, en dépit des violents orages de la veille, avait de nouveau assailli la ville. Elle réalisa avec amertume qu'elle avait perdu son temps à parcourir durant des semaines les rues, les cours et les traboules du Vieux-Lyon. Franck les avait tous bernés. La police, les journalistes, le public. Et elle, par-dessus le marché. Il vivait loin du quartier, à l'abri de l'autre côté de la Saône et du Rhône, probablement dans un luxueux appartement de type haussmannien payé comptant avec l'argent hérité de sa mère. Lui et elle n'avaient rien en commun, en réalité.

Elle ressortit dans la lumière du jour, flânant un moment sur les quais de Saône, à l'ombre des platanes. Elle ignorait quoi faire et cette impuissance lui était insupportable. Devait-elle aller trouver Liam, se confier à lui, lui faire part de ses soupçons ? Elle ne pourrait pas tout lui raconter, bien sûr. Mais elle inventerait quelque chose. Oui, c'était décidé. Elle lui parlerait ce soir-là.

Sa promenade la mena jusqu'à la place des Jacobins. Elle avait bifurqué vers le centre-ville sans même s'en rendre compte. Elle leva les yeux en passant devant le kiosque à journaux situé à proximité de la fontaine monumentale, et s'arrêta net. Un gros titre barrait la une du Progrès :

Une jeune femme échappe au tueur aux cierges !

Elle chercha en tremblant dans son portefeuille la monnaie qui allait lui permettre d'acheter le quotidien, fit tomber quelques pièces dans sa hâte. Elle paya, en évitant le regard du vendeur, qui devait certainement, pensa-t-elle, la trouver suspecte.

Ses yeux balayèrent la place, en quête d'un endroit pour se poser. Un café. Cela ferait l'affaire. Elle le gagna à grandes enjambées, en manquant de se faire renverser par un taxi. Elle s'installa sur la terrasse où restait une dernière place de libre. Consciente de chacun de ses gestes, elle s'obligea à paraître calme, et attendit d'avoir commandé un cappuccino pour déplier enfin le journal d'un geste fébrile.

Le tueur a peut-être cette fois commis l'erreur fatale. Il a attaqué hier soir une jeune étudiante de vingt-deux ans, Sandra Hirsch. La jeune femme rentrait d'une séance de cinéma en empruntant la rue de la Monnaie dans le 2ème arrondissement lorsqu'un individu l'a abordée pour lui demander l'heure. Profitant d'une seconde d'inattention de

189

Sandra, il a tenté de la traîner de force dans un immeuble en la menaçant d'un couteau. Sandra Hirsch est étudiante en STAPS (sciences et techniques des activités physiques et sportives) et pratique assidûment plusieurs sports de combat, dont l'aïkido. Elle s'est courageusement défendue et a réussi à s'enfuir. Le tueur a probablement été très surpris par la résistance de la jeune femme, lui qui a pour habitude de ne laisser aucune chance à ses victimes. Grâce à l'extraordinaire sang-froid de Sandra, les services de police vont enfin pouvoir réaliser une avancée décisive dans l'enquête. En effet, le tueur ayant eu l'imprudence d'évoluer à visage découvert, la jeune femme serait en mesure de l'identifier. Les enquêteurs travaillent désormais d'arrache-pied pour dresser un portrait-robot, qui sera diffusé dans les plus brefs délais, vraisemblablement dans notre prochaine édition....

Elise se sentit saisie d'effroi, en même temps qu'un inexplicable soulagement l'envahit. Elle ne pouvait rien y faire. Ce n'était pas de sa responsabilité. D'ailleurs, personne ne lui avait jamais demandé quoi que ce soit. Mais s'il était pris… « Advienne que pourra, pensa-t-elle avec fatalisme. Ce n'est plus entre mes mains. »

— Je peux vous encaisser maintenant ?

Elle sursauta. Le serveur la regardait d'un air goguenard. Elle replia le journal et régla sa consommation.

De retour chez elle, elle alluma aussitôt la télévision, dérogeant à ses habitudes. Elle zappa avec frénésie sur les chaînes d'information en continu, passant d'un reportage sur l'affaire à l'autre. Le tueur aux cierges, aux dires des journalistes parisiens, provoquait une psychose collective dans les rues de Lyon. Cette affirmation péremptoire l'agaçait. Si, en effet, elle avait pu ressentir de la tension ces dernières semaines, celle-ci était diffuse, impalpable.

Elise était en outre convaincue que les jeunes femmes n'étaient pas aussi effrayées que les médias le prétendaient. Elles devaient toutes se persuader qu'elles couraient statistiquement peu de risques de devenir la prochaine victime. Ne voulant pas se laisser aller à la terreur, elles continuaient de mener leurs vies comme elles l'entendaient. Mais, pour Elise, il ne s'agissait ni de courage, ni d'une forme de résistance, mais de l'inconscience pure. Elles nageaient dans des eaux troubles, en présence d'un requin blanc tapi dans les bas-fonds. Ce n'était qu'une question de temps avant qu'il n'en arrivât à les repérer, attiré par l'odeur de sang frais.

Elle termina la soirée en se postant devant la chaîne d'information locale, TLM, qu'elle ne regardait pourtant jamais. Un reporter cachant à grand-peine son excitation sous un masque d'impassibilité professionnelle était en train de parler dans un micro. On devinait, à l'arrière-plan, l'Hôtel de Police. Une foule de journalistes et de curieux se pressait devant le bâtiment, donnant à la scène une allure irréelle de kermesse. Tous attendaient la communication du portrait-robot établi grâce au témoignage de Sandra Hirsch.

Mais Elise ne vit et n'entendit rien de tout cela. Interdite, elle fixait le journaliste, n'en croyant pas ses yeux. Il lui sembla même un instant que son imagination lui jouait des tours. Que le cauchemar continuait, encore et encore. Cet homme, elle le connaissait. Et pas par la télévision. Des cheveux châtains, déjà clairsemés sur le front, annonçant une calvitie certaine, des yeux sombres et vifs, un regard perçant. Elle l'avait vu, entraperçu plutôt, mais elle était néanmoins certaine qu'il s'agissait bien du même homme. Il avait ramené

Liam en voiture un soir. Ils avaient discuté devant l'immeuble. Puis Liam avait regardé autour de lui et subitement mis fin à la conversation en donnant un coup sur la portière de la voiture. Elle avait cru qu'il s'agissait d'un de ses collègues. Elle avait été naïve.

Les jambes flageolantes, elle se leva du canapé, versa dans un grand verre du porto et deux glaçons. Elle avala la boisson comme un médicament, en deux gorgées. Elle toussa, faillit s'étouffer. Ses pensées désordonnées lui donnaient le tournis et la sensation qu'elle ne pouvait plus se fier à la réalité, que tout ce qu'elle croyait connaître était faux. Il lui vint soudain à l'esprit que Liam était peut-être l'informateur qui avait laissé « fuiter » les éléments de l'enquête. Elle se sentit écœurée.

La nuit venue, elle tourna encore les récents événements dans son esprit. Elle avait beau y réfléchir, elle parvenait sans cesse à la même conclusion. L'homme vu avec Liam était journaliste. Par conséquent, Liam parlait à la presse, alors qu'il n'était certainement pas autorisé à le faire. A cette idée, la colère monta en elle. Il avait probablement donné l'information confidentielle sur le mode opératoire du tueur. La fameuse source qui avait tenu à rester anonyme. Elle se demanda ce qui l'avait poussé à agir de manière aussi inconsidérée, lui qui paraissait si pondéré et raisonnable. Le dépit ? La colère ? La jalousie ? Peut-être ne supportait-il pas d'avoir été écarté de l'enquête ?

Elle rêva encore. Cette nuit-là, elle se retrouva traquée par un poursuivant invisible. Pour lui échapper, elle montait en courant, essoufflée, affolée, l'interminable escalier en colimaçon menant au sommet de la tour de la basilique. Arrivée en haut, une nuit d'encre l'enveloppa. Elle ne put tout d'abord rien distinguer hormis les lumières de la ville qui scintillaient à ses pieds. Alors qu'elle parvenait petit à petit à discerner son environnement, elle entendit les pas de son persécuteur gagner du terrain, résonner dans la cage d'escalier. Prise de vertige, transie d'effroi, elle se mit à hurler, comme pour conjurer sa venue, dans une langue qu'elle ne comprenait pas. Soudain, un grincement de métal lui fit tourner la tête : la statue de l'archange en contrebas de la tour s'animait. Il plongea sa lance dans le dragon qui se tenait en dessous de lui, perçant son flanc. La bête poussa un rugissement, de puissants flots de sang jaillirent de sa plaie béante, se déversant dans le vide.

Tandis que les pas se rapprochaient encore, elle devina une présence, un regard insistant sur sa nuque. Elle pivota sur elle-même. Livides, silencieuses, vêtues de blanc, elles se tenaient derrière elle, formant un arc de cercle. Du sang maculait leurs longues robes et coulait de leurs bouches grisâtres. Emeline, dont elle ne distinguait pas le visage. Laetitia, Irène, Sonia, Elodie. Puis, au bout de la rangée macabre, une sixième jeune femme. Elle remuait les lèvres pour lui dire quelque chose qu'Elise ne pouvait entendre.

Alex.

Elise cria mais aucun son ne pouvait sortir de sa bouche. L'inconnu arrivait, elle sentait qu'il voulait la tuer, et qu'elles étaient venues la chercher. Mais elle comptait se battre. Elle prit une profonde inspiration et se raidit, se tournant de nouveau vers son assaillant, qui montait les dernières marches. Le portillon fut poussé, et alors qu'il allait débouler sur la plate-forme, Elise se réveilla en tremblant.

En état de choc, elle se leva, alluma toutes les lumières, courant d'un interrupteur à l'autre. La chambre, le salon, puis la salle de bain. Aucune zone d'ombre, aucun recoin obscur ne devait subsister dans son appartement. Elle tourna ensuite le robinet de la douche en frissonnant, se glissa sous l'eau brûlante, mais elle ne parvenait pas à se réchauffer. Elle répéta, en claquant des dents : « je suis folle, je suis devenue folle. »

Sortie de la cabine, elle s'enroula dans une immense serviette, ne prenant pas même la peine de s'essuyer. Elle passa dans sa pièce à vivre, s'agita dans le coin cuisine pour préparer un lait chaud réconfortant, essayant de tenir à distance la voix en elle qui la défiait :

— Combien de temps vas-tu le laisser ainsi commettre ses forfaits, déverser du sang sur la ville, juste pour te protéger, toi ? Comment peux-tu vivre avec ça ?

Et toujours dans son esprit le regard d'Alex, et sa voix, à présent claire et sonore, qui accusait :

— Comment as-tu pu ?

XXIII

Cette pensée lui était venue un matin. Tandis qu'elle commençait à faire surface, après une nuit sans rêve, la conscience douloureuse de sa situation la frappa, comme à chaque réveil. Elle ressassa son expédition à Fourvière, telle une furie, le couteau dans son sac. Ce n'était pas ainsi qu'elle devait agir. Elle était intelligente. Alex ne valait pas la peine qu'elle gâchât sa vie pour elle. En réalité, sa vie était déjà gâchée, mais, puisqu'elle n'avait pas le courage de mettre fin à ses jours pour accabler Alex du sentiment de culpabilité qu'elle méritait d'éprouver, elle envisagea une autre alternative.

Dans ses souvenirs, Elise avait toujours été la victime des autres. Mise à part, ignorée, snobée, moquée, négligée. Et enfin trahie de la plus infecte des manières par le seul être qui avait réussi à gagner sa confiance et son affection. Un tel crime méritait une peine exemplaire. Un tel crime méritait la mort. Elle n'endosserait plus le rôle de la victime, mais, pour la circonstance, passerait de l'autre côté de la barrière. Elle essaierait de sauver le peu qu'Alex lui avait laissé et peut-être, la justice une fois rendue, retrouverait-elle son intégrité.

Elle laissa ainsi son esprit vagabonder, broder sur cette idée, jusqu'à ce qu'elle réalisât qu'elle n'en serait pas capable. L'accablement la saisit de nouveau. Elle se jugeait impuissante, inapte à se reprendre en main, à ramasser un à un les débris pour reconstruire un semblant de vie qui valût la peine d'être vécu. Elle s'était sentie mieux une petite heure, à la perspective de faire payer Alex. Elle devait bien reconnaître à contrecœur que les seuls moments de soulagement, de répit, survenaient quand elle ruminait sa vengeance. La souffrance intolérable s'arrêtait alors. Et c'était tellement bon de ne plus souffrir, ne fût-ce que pour quelques instants.

Plusieurs jours s'écoulèrent, et Elise ne parvenait pas à se débarrasser de son obsession. Il lui semblait même, qu'en caressant de plus en plus souvent cette idée, celle-ci devenait plus puissante, plus impérieuse, comme un incendie que l'on attise, envahissant chaque cellule de son être. Elle sortait parfois le grand couteau du tiroir de la cuisine, le manipulait, effleurait la lame du bout des doigts, l'imaginant plonger dans le cœur d'Alex. Evoquer cette dernière, les yeux remplis d'effroi, comprendre qu'Elise avait eu le dernier mot, lui procurait un sentiment grisant de toute puissance. Elle pourrait la punir quand elle, Elise, le déciderait. Elle pouvait à n'importe quel moment arrêter ce jeu stupide, cette sarabande misérable où Alex se pensait reine dans son petit monde, alors qu'elle n'était qu'un parasite qui avait envahi Elise et l'avait rendue malade. Elise n'avait qu'une tâche à accomplir pour éradiquer cet hôte indésirable qui s'était nourri de sa faiblesse pour se renforcer.

Dans ce scénario dont elle était l'héroïne, Elise se demandait comment elle pourrait procéder afin de ne pas se faire prendre. Elle ferait comme si, juste pour savoir où ses pensées et ses actions allaient la mener. Juste pour savoir.

Elle réfléchit longuement. Le mobile, elle l'avait certes, et il était puissant. Mais elle était persuadée que personne ne devinerait jamais ce qui l'avait poussée. Personne ne pourrait envisager la magnitude du tremblement de terre qui avait ruiné sa vie, et par là même, l'accuser du crime. Elise avait lu que les meurtres sont, dans leur grande majorité, perpétrés par des proches de la victime. Or, elle ne faisait pas officiellement partie de l'entourage d'Alex. Elles n'étaient que deux amies de fac, après tout, et elles s'étaient un peu éloignées l'une de l'autre, sans drame, simplement parce que la vie était ainsi faite. Elle n'était pas même sûre que les parents d'Alex aient eu une idée de la force du lien spirituel qui les avait unies. Alex n'était pas du genre à garder les courriers, ni à confier ses états d'âme à ses parents.

Il ne resterait aux enquêteurs que la piste du meurtre commis au hasard, par un prédateur. Un tueur de femmes. Elle savait qu'un pourcentage écrasant des crimes violents commis sur la voie publique était l'œuvre des hommes. Elle avait fait des recherches sur le sujet. Les femmes tuaient plus facilement dans la sphère domestique, ou, si ce n'était pas le cas, s'en prenaient à des victimes faibles et sans défense, comme les enfants en bas âge (dans le cas des baby-sitters tueuses) et les personnes gravement malades ou âgés (les sinistres infirmières « anges de la mort »).

Par conséquent, le meurtre d'une jeune femme, commis sur la voie publique à la nuit tombée avec l'aide d'une arme tranchante, ne pourrait être catalogué que comme un crime de rôdeur, de nature sexuelle. C'était ainsi qu'elle devrait procéder. En tout état de cause, elle ne pourrait jamais recontacter Alex, la revoir sous un prétexte quelconque, et trouver le moyen de lui administrer une substance mortelle dans un verre. Ce scénario lui parut abracadabrantesque, digne d'Agatha Christie. Non, il n'y avait qu'une seule façon d'agir. Et l'issue serait violente, à la hauteur des blessures affligées. Alex ou elle. C'était une question de survie.

Elise, après quelques jours, comprit que le moment était venu d'engager les premières étapes concrètes de son plan. Ses parents rentreraient dans une semaine. Le mois d'octobre arrivait presque à son terme. Elle ne pouvait plus tergiverser.

Elle retira le maximum d'argent liquide que lui permettait sa carte de retrait. N'ayant pas de revenus fixes, elle ne disposait sur son compte que d'une modeste somme de 1300 F, fruit des étrennes que sa famille lui avait données pour ses vingt ans et lors des Noëls précédents. Elle n'avait pas été tentée de la dépenser. Cet argent avait représenté l'unique rempart contre la misère, s'il arrivait malheur à ses parents. Elle l'avait gardé pour se sentir protégée, mais elle en avait désormais besoin.

Elle se rendit à l'autre bout de l'agglomération, dans un hypermarché, où elle acheta un couteau de cuisine, de taille moyenne mais très tranchant, doté d'un manche qui offrait une bonne prise en main, ainsi qu'une paire de bottes en caoutchouc. Le temps avait tourné, et il commençait à pleuvoir de plus en plus souvent. Elle n'attirerait donc pas l'attention en les portant. Elle ajouta à sa liste un grand sac à dos afin d'y glisser ses chaussures ainsi qu'un pull de rechange. Elle paya ses achats en liquide. Elle gagna ensuite un magasin de sport situé à proximité de la grande surface, et fit l'acquisition d'un pantalon de ski, d'un modèle très bon marché, de ceux qui ressemblent davantage à des sacs-poubelles améliorés qu'à de rutilantes tenues pour parader sur les pistes. Très ample, il serait ainsi facile à enfiler par-dessus son jean. Elle compléta ses achats par une paire de gants noirs en soie, très fins et un bonnet de laine. Tous ces accessoires étaient destinés à être jetés.

Tandis qu'elle parcourait les rayons et complétait sa liste de courses, elle fut saisie à plusieurs reprises de panique, comme si elle se réveillait en sursaut d'un mauvais rêve, en se voyant ainsi, extérieure à elle-même, en train de planifier méthodiquement l'assassinat de son amie. Elle repoussa ses pensées avec ardeur. Jusqu'à présent, elle n'avait commis aucun acte répréhensible. Elle effectuait simplement des achats qui, en eux-mêmes, n'engageaient à rien. Elle avait le choix de renoncer jusqu'au bout. Si ces préparatifs lui faisaient du bien et atténuaient la douleur, où était le mal ? Peut-être qu'un meurtre symbolique suffirait.

Tout en se raisonnant ainsi, elle sentait bien qu'elle n'y croyait pas. Une part d'elle-même tentait de la rassurer, alors qu'une autre, froide, cynique, ironisait : « Bien sûr, essaie de te persuader. Mais si tu ne vas pas jusqu'au bout après tout cela, c'est que tu n'es vraiment qu'une bonne à rien, une loque qui a bien mérité qu'on la piétine. Tu n'auras eu que ce que tu méritais. »

Piquée par les reproches injustes de cette voix intérieure, elle continua ses préparatifs. Il lui semblait que, dans toute cette histoire, depuis qu'elle avait rencontré Alex, elle n'avait jamais vraiment eu le choix.

XXIV

Le lendemain, le portrait-robot du tueur aux cierges fut diffusé par les services de police. Tous les médias relayèrent en boucle l'information. Lorsqu'elle vit sur son écran d'ordinateur le visage, qui semblait la fixer, Elise éprouva un malaise diffus. Même s'il ne s'agissait que d'un portrait-robot, il ressemblait tout de même à Franck de façon troublante.

Sandra Hirsch était la vedette du jour et sa photographie s'affichait à côté de celle du suspect à l'air sinistre. C'était une jeune fille souriante et blonde, aux cheveux presque blancs, aux joues encore pleines et roses comme celles d'une enfant. Elise fut décontenancée. Il lui semblait qu'elle ne ressemblait pas aux autres. Comment être certaine qu'elle avait bien été attaquée par le même homme ?

Elise avala une gorgée de café brûlant en lançant l'impression du portrait de Sandra. Elle cliqua avec nervosité sur sa souris. Elle se sentait fébrile, ce jour-là, à bout de nerfs et en manque de sommeil. Après son réveil brutal, elle n'avait pu se rendormir. Elle avait alors épié les mouvements de Liam dans son appartement, et les bruits sur son palier. Elle avait brièvement éprouvé la tentation de s'expliquer avec lui, mais elle savait qu'elle n'avait rien à réclamer, rien à lui dire. Cette histoire n'était pas censée la concerner. Elle se souvint qu'elle avait voulu, la veille, confier ses doutes à Liam, et peut-être même, solliciter son aide. Il n'en était plus question.

Tandis qu'elle poursuivait sa lecture de la presse, uniquement intéressée par « l'Affaire », elle prit connaissance d'un article qui la mit mal à l'aise. Quelque temps auparavant, elle avait appris que les familles des victimes avaient formé une association dans le but de se soutenir mutuellement mais également d'avoir plus de poids auprès des autorités. La porte-parole du groupe, la mère d'Irène Valenti, était apparue à maintes reprises dans les médias, exprimant la douleur et le désarroi des familles, leurs difficultés à obtenir des informations sur le déroulement des investigations, déplorant en outre le manque de soutien de la part des institutions judiciaires.

Dans l'article intéressant Elise, Mme Valenti émettait des réserves sur l'enquête en cours, jugeant qu'elle partait dans tous les sens, et que les enquêteurs rencontraient peut-être des difficultés à rester impartiaux. Elle tirait cette conclusion un peu hâtive d'un fait dont elle avait récemment été témoin : un proche d'une des victimes, contacté par l'association, avait refusé d'y prendre part. « Et pour cause, avait ajouté la porte-parole. Il semblerait impliqué, de près ou de loin, dans l'enquête. »

Cette interview, donnée à un journal local, connut un énorme retentissement. Sur tous les sites d'information nationale, elle fut relayée, contraignant Mme Valenti à émettre un démenti maladroit et embarrassé. Mais les médias étaient lancés, rivalisant en spéculations hasardeuses : par quel extraordinaire hasard, un proche de l'enquête comptait, parmi ses proches, une victime du tueur aux cierges ? Quelle était l'identité de cette victime ? Que voulait dire « entourage » ? Était-il son père, son frère, son mari ? Et, enfin et surtout, quel lien entretenait le mystérieux individu avec l'enquête ?

Elise se leva et fit les cent pas, de la cuisine, jusqu'à sa chambre, les pensées tourbillonnant dans sa tête. Il était impossible qu'un proche d'une victime fît partie de l'équipe d'investigation. Une telle situation n'était déontologiquement pas admise. A moins que... Elle jeta un œil distrait sur son bureau et soupira. D'ordinaire rangé au cordeau, il s'était transformé au fil des jours en véritable capharnaüm : des articles de journaux découpés s'étalaient pêle-mêle, voisinant avec une pile de magazines tellement haute qu'elle menaçait de s'écrouler sur son espace de travail. Paires de ciseaux, bâtons de colle, stylos et règles étaient éparpillés au hasard. Elle avisa son carnet à la couverture violette. Elle devait vérifier ses notes. Quelque chose la tourmentait.

Cathy arriva, sur ces entrefaites. « Toujours quand il ne faut pas », déplora Elise. Le moment était mal choisi, elle avait besoin de réfléchir. Bien qu'elle n'eût pas revu Cathy depuis longtemps, cette dernière ne lui avait pas manqué. Franck et Alex avaient occupé toute la place dans son esprit.

Cathy s'assit en face d'elle, à la table de la cuisine. Elle rompit le silence par une remarque anodine :

— Alors, quoi de neuf ? Tu as disparu des radars.

En dépit de la légèreté du ton, Elise crut saisir une intention hostile, inquisitrice. Elle répondit à Cathy d'une voix brusque, la tête encore envahie de pensées parasites :

— J'étais occupée.

— Tu n'as pas repris le travail ?

— Non. Je suis en arrêt. Et j'espère être prolongée encore. Je ne peux pas retourner travailler.

— Pourquoi ?

— Parce que j'ai mieux à faire. Parce que je n'en peux plus. Ce n'est pas moi. Cela n'a jamais été moi.

Cathy resta un instant silencieuse, comme si elle digérait l'information.

— Tu vas pourtant être obligée d'y retourner à un moment, non ? Il faut bien gagner sa vie.

— Un comble, que ce soit toi qui me donnes des leçons. Tu n'as pas à travailler pour vivre. Et je ne veux plus jamais entendre personne me sermonner, ni me dire ce que j'ai à faire comme si j'avais quinze ans.

— Tu ne devrais pas te comporter comme une adolescente attardée, alors.

Elise eut un rire amer, méprisant.

— En quoi est-ce raisonnable de renoncer à ses rêves, de s'éteindre chaque jour un peu plus dans un boulot qu'on déteste ? De vivre comme une ombre ? Qu'est-ce qui est raisonnable, adulte, responsable ? Prendre des risques pour vivre sa vie comme on l'entend ou rentrer lâchement dans le rang, pour en crever à petit feu ?

Cathy se leva. Ses yeux brillaient d'une lueur inhabituelle, et ses cheveux épais formaient un étrange halo autour de sa tête.

— Je ne t'ai jamais vue ainsi. Je ne t'ai jamais entendue parler comme ça.

Elise frissonna en remarquant qu'elle était vêtue d'une longue robe blanche. Elle sourit, crispée :

— *Welcome to my world.* Bienvenue dans mon monde. Je te présente Elise. La vraie. Et ceux qui ne l'aiment pas peuvent aller au diable.

Cathy se dirigea vers la sortie. Puis elle se ravisa.

— Qu'est-ce que tu fais dehors toutes les nuits ? Qu'est-ce que tu trafiques ?

Elise s'était rapprochée de la porte et l'ouvrit tout grand.

— Sors. Et ne reviens pas. Je suis sérieuse.

Cathy disparut. La porte claqua.

Une fois seule, Elise prit son carnet de notes. En tremblant, elle tourna frénétiquement les pages, à la recherche de quelque chose de familier, qui avait fait tilt, une fois. Une seule fois. Qu'était-ce ? L'entourage des victimes. Les proches. Laetitia. Elle avait eu trois amants en un laps de temps très court. Sonia avait entretenu une liaison avec son colocataire. Elodie et Irène n'avaient pas, à l'époque de leur mort, de petits amis officiels.

Emeline. Son compagnon était absent au moment du drame. *Nous sommes restés séparés plus de six mois. Un peu trop longtemps, apparemment. Je me suis retrouvé tout seul au bout de quelques jours.*

Emeline, vingt-neuf ans, bibliothécaire. C'était l'unique fonctionnaire parmi les victimes. Liam ? Un proche d'Emeline ? Elise se leva d'un bond, faisant s'envoler ses papiers, envoyant des stylos rouler sur le parquet. Ce n'était pas possible.

Elle fixa la porte, avec angoisse, redoutant d'entendre la sonnette lui signifiant, tel un gong, que son temps était écoulé, que son répit était terminé. Liam. Emménageant trois mois après l'assassinat d'Emeline dans son immeuble, en dessous de son propre appartement. Avait-il établi un lien ? Avait-il, tout seul, sans en référer à ses collègues, examiné ces fameux cold cases ? Était-il remonté au-delà de dix ans ?

La colère monta de nouveau en elle. Ce sentiment familier de rage, cette envie de tout détruire. L'avait-il, tout ce temps-là, manipulée, utilisée, lui faisant croire qu'il s'intéressait à elle ? Avait-il vu en elle ce que personne d'autre, à part Franck, n'avait pu discerner ? Il l'avait invitée au restaurant pourtant. Mais il n'en avait vraisemblablement rien à faire d'elle. Comme tous les êtres qui avaient croisé son chemin, au bout du compte.

Elise, dépitée, réalisa qu'elle ne connaissait toujours pas le visage d'Emeline. Elle avait cherché sa photographie en vain, au début du mois de juillet, lorsque l'affaire avait éclaté au grand jour. Mais elle n'avait pas persévéré. Elle se précipita sur son ordinateur. Cette fois-ci elle ferait preuve de la ténacité nécessaire pour découvrir ce qu'elle cherchait. Elle réfléchit un instant à voix haute :

— Admettons que la famille ait traqué les sites d'information français, obtenu que les images d'Emeline ne paraissent pas dans la presse. L'affaire a dépassé le cadre hexagonal. Les médias d'une bonne partie du monde occidental ont dépêché des correspondants.

Elle sourit, ravie de sa trouvaille. Oui, les médias anglais ou allemands ne s'embarrasseraient pas de scrupules. Sur leurs sites, rien ne devait être censuré. Elle commença par les journaux anglais les plus connus, consulta en quelques clics des articles parus dans la presse anglo-saxonne. Le tueur aux cierges, *the candles killer*. Elise sourit. La traduction était littérale, à défaut d'être élégante. Elle cliqua sur un lien, sans se méfier, et ce fut le choc.

Emeline. Elle ne vit tout d'abord que ses yeux, qui semblaient jaillir de la photographie pour capter tout entière son attention. Deux étendues d'eau calme, aux reflets verts et or, la fixaient avec bienveillance, à l'ombre de longs cils châtains. Son visage, tel un masque dépourvu de toute aspérité, était à peine troublé par un léger sourire qui paraissait flotter à la surface de ses traits.

Prise de vertige, Elise fixait le portrait avec une stupeur empreinte de terreur. Car le visage qu'elle contemplait ainsi, ce visage qu'elle avait recherché pendant des semaines, tel un décalque auquel on aurait retranché à la fois l'amertume et les années, était le sien.

XXV

Janvier 2000. L'année charnière qui, aux dires des anciens sages et des nouveaux oracles, annonçait tous les bouleversements, avait commencé de la manière la plus banale et déprimante qui fût. Alors que la planète entière fêtait le passage à l'an 2000, de Sydney à Moscou, de San Francisco à Londres, Elise avait passé le réveillon avec ses parents. A son grand désarroi, rien d'extraordinaire n'avait été organisé pour cette occasion hors du commun. Les deux sexagénaires s'étaient même couchés tôt, dès vingt-deux heures. Privée de fête, se sentant exclue des réjouissances mondiales, Elise avait longuement pleuré dans le noir, de rage et de dépit.

Ce jour-là, comme à l'accoutumée, elle était allongée sur son lit, regardant le ciel laiteux, qui tournait à l'aigre. Elle ne quittait plus son antre, ces derniers temps. Son père avait tapissé de nouveau sa chambre, entre Noël et le jour de l'An. Exit le papier peint marron beige sinistre, héritage des années soixante-dix, qu'elle avait arraché un jour d'août, de colère et de frustration. Ses murs étaient désormais blancs, ornés de cadres présentant des reproductions d'œuvres d'art. *Le faux miroir* de Magritte figurait en bonne place dans sa galerie personnelle, face au lit. Elle jeta un œil sur la pile de fascicules qui s'entassait sur sa table de nuit, et bâilla. Il ne lui restait que deux jours pour renvoyer au CNED son prochain devoir. *Préparation aux concours d'entrée de la fonction publique : savoir rédiger une note de synthèse.* L'après-midi s'annonçait palpitant.

La sonnette de la porte d'entrée retentit. Elise sursauta. Des visiteurs. Elle entendit distinctement au bout du long couloir une voix haute et claire s'adresser à la maîtresse de maison :

— Bonjour Madame. Vous avez bien une fille qui s'appelle Elise ? Pouvons-nous lui parler quelques instants ?

Cela se passait trois mois après l' « événement ». Elle avait cru être à l'abri. Sa mère vint taper à sa porte, l'ouvrit comme à son habitude sans attendre de réponse. Une odeur délicieuse de gratin dauphinois se répandit dans l'air. Sa mère tentait depuis quelque temps de stimuler son appétit en lui préparant ses plats préférés, en vain. Elise avait perdu cinq kilos depuis le mois d'octobre. La dame fixa sa fille avec de grands yeux où se lisait la panique et lui annonça, d'une voix tremblante :

— Il y a des messieurs qui veulent te parler. La police.

Elise se leva avec lenteur et passa près de sa mère sans la regarder.

Elle pénétra dans la salle à manger, saluant d'une voix presque inaudible les deux hommes assis derrière l'imposante table rustique. Ils étaient jeunes, tous les deux. « Des débutants », jugea Elise. L'entretien fut bref. Elle joua l'ingénue avec brio : elle s'était entraînée durant des semaines. Alexandra Viguier ? Oui, elle la connaissait. Elles s'étaient rencontrées à la fac, et puis un peu perdues de vue, pourquoi ? Quoi, elle était morte ? Mais comment ? Assassinée ? C'était incroyable. Quoiqu'à bien y réfléchir, Alexandra était instable et dépressive. Elise n'aurait pas été étonnée d'apprendre son suicide.

Un seul moment, au cours de cet échange qui fusait comme dans une partie de ping-pong, elle fut déstabilisée.

— Vous saviez qu'Alexandra avait été violée il y a quelques années ? Lorsqu'elle était encore à la fac ?

Elise s'était raidie, le froid l'avait envahie. Elle avait regardé ses doigts. Sur le coup de l'émotion, ils étaient devenus bleus. *Je ne pensais pas me lancer dans une aventure avec un garçon tout de suite. Avec ce que j'ai vécu.*

Pourquoi Alex ne lui avait-elle rien dit ? N'avait-elle pas eu confiance en elle ? Elise saisissait mieux, à présent, le motif de sa désertion subite du campus. Son agresseur était-il l'un de ces remuants étudiants qui s'aggloméraient parfois à leur petit groupe ? Face à l'enquêteur qui lui avait posé la question, Elise réprima avec peine une grimace de dégoût. Alex ne lui avait pas parlé, non par pudeur, mais parce qu'elle ne supportait pas d'avoir vécu une expérience aussi traumatisante et humiliante. Elle avait souhaité garder le contrôle, maintenir les apparences coûte que coûte. Elle releva la tête et fixa le policier droit dans les yeux. Il n'y avait pas dans sa voix la moindre trace d'hésitation lorsqu'elle répondit :

— Non, elle ne m'a rien dit. Nous n'étions pas aussi proches que cela.

Le départ des policiers ne lui avait pas procuré le moindre soulagement. Elle avait su que cela ne faisait que commencer, qu'un jour ils pourraient revenir. Cette menace allait planer sur elle le reste de sa vie. Oui, un jour, la sonnette retentirait de nouveau. Elle l'entendait déjà résonner dans sa tête.

***

Elle se redressa d'un bond. La sonnette de la porte d'entrée l'avait tirée de son sommeil. Elle s'était assoupie là, assise à la table de la cuisine, sa tête sur ses bras pliés. Cathy ne reviendrait pas, elle en était sûre. Était-ce Liam ? Elle se rappela que ce n'était pas la première fois que quelqu'un sonnait chez elle.

Elle s'immobilisa, retint son souffle, tentant de faire le moins de bruit possible. Les pas s'éloignèrent, descendirent les escaliers. Elise se leva avec précaution. S'il s'agissait bien de Liam, il ne fallait pas qu'il entendît des bruits au-dessus de sa tête. Elle alla s'asseoir sur le canapé, se pelotonna contre un coussin. Après seulement quelques minutes, elle glissa en position allongée et s'endormit de nouveau.

Elle ne savait plus s'il s'agissait d'un rêve ou de la réalité. Elle ne voulait pas retourner en haut de la tour, ne voulait pas les revoir. *Comment as-tu pu ?* J'ai fait ce que j'ai pu, Alex. J'ai perdu le contrôle, ce n'est pas ma faute. Elle se réveilla en sursaut. Ou bien était-elle toujours endormie ? Certainement, le cauchemar devait continuer. Elles se tenaient là, immobiles, dans son salon. Toutes les six, ensanglantées. Elise se cacha le visage avec les oreillers du canapé, essayant d'occulter leurs murmures, le bruissement de leurs robes longues. Mais elle devinait toujours leur présence, menaçante. Elle ne pouvait pas relever la tête, ni desceller les paupières. Elle ne voulait pas voir Alex.

Elle ouvrit les yeux, cette fois parfaitement réveillée. Il faisait nuit dans l'appartement, elle avait dormi tout l'après-midi, il était vingt-deux heures. Elle sursauta, il lui semblait entendre des craquements dans la chambre, dont la porte était entrebâillée. Elle avait froid, elle avait peur. Ses mâchoires se mirent à trembler de manière incontrôlée, bientôt elle allait claquer des dents. Il lui fallait chercher un secours, ou bien la folie finirait par la faire sombrer.

Où fuir ? Vers qui se tourner ? Une pensée lui vint, limpide, évidente. Elle n'avait qu'un endroit où aller.

Quelque part, il y avait quelqu'un. Oui, une personne, une seule, savait et la comprenait. Voyait sans doute le monde comme elle.

Elle attacha ses sandales en tremblant, les yeux toujours fixés sur la porte de la chambre. Elle se rappela un film d'horreur japonais, *Ring*. Dans une scène terrifiante, le fantôme se matérialise en sortant d'un poste de télévision. Un spectre en longue robe blanche, des cheveux noirs pendant sur son visage. Elle attrapa son sac à main et partit en claquant la porte, dévalant les quatre étages pour se réfugier dans la rue, parmi les vivants. Elle courut encore quelques mètres, puis s'arrêta, essoufflée. Elle regarda derrière elle : personne ne la poursuivait.

Elle se retrouva à minuit, sous les fenêtres de Franck, pathétique Juliette guettant son infâme Roméo. Le doigt suspendu près du bouton de l'interphone, qu'elle ne put se résoudre à enfoncer. Le courage lui manqua à la dernière seconde. Elle gagna le trottoir d'en face à reculons, espérant un souffle, un signe, un mouvement sur la façade. L'attendait-il ? Était-ce derrière ces épais rideaux sombres, au troisième étage, qu'il vivait ? « Il voulait devenir le nouveau Baudelaire. C'est étrange, non ? » Oui, Madame Lambert, c'était étrange. Alex avait tant aimé la poésie du XIXème siècle, et particulièrement Baudelaire. Elle s'était même promenée, des mois durant, avec les *Fleurs du Mal* en version poche, au fond de son sac à dos, parmi ses livres de cours et ses classeurs. Elle avait un poème préféré. *A celle qui est trop gaie*. N'était-ce pas Alex ?

Ainsi je voudrais, une nuit,
Quand l'heure des voluptés sonne,
Vers les trésors de ta personne,
Comme un lâche, ramper sans bruit,

Pour châtier ta chair joyeuse,
Pour meurtrir ton sein pardonné,
Et faire à ton flanc étonné
Une blessure large et creuse,

Et, vertigineuse douceur !
A travers ces lèvres nouvelles,
Plus éclatantes et plus belles,
T'infuser mon venin, ma sœur !

T'infuser mon venin, ma sœur.

C'était écrit. En toutes lettres.

XXVI

De retour de son périple à l'autre bout de l'agglomération, Elise demeura cloîtrée plusieurs jours d'affilée dans l'appartement, cherchant l'inspiration. Comment agir pour ne pas attirer l'attention ? Comment prendre Alex par surprise, assez habilement pour l'empêcher de se débattre et d'ameuter le quartier avec ses cris ? Elle aurait voulu surgir d'une ruelle sombre et déserte, arriver derrière elle, lui mettre la main sur la bouche pour étouffer ses appels à l'aide. Puis elle l'aurait attirée à l'écart, toujours en la maîtrisant d'une main et en sortant de l'autre son couteau, pour la poignarder.

Elle ne pourrait pas opérer ainsi de sang-froid. Elle n'était pas une tueuse. Elle n'avait aucune force. Elle se ferait prendre. Et elle ne voulait pas poignarder Alex dans le dos. Enfin, après des jours de tergiversation, elle se résolut à passer à l'action. Elle essaierait de parler à Alex une dernière fois. Bien sûr, elle enfilerait sa tenue de camouflage, qui lui donnerait une curieuse allure. Elle emporterait son sac à dos et tout ce qu'il contenait. Mais elle verrait bien le moment venu, si elle était capable d'agir.

Elle se mit donc en route cet après-midi-là, aux environs de seize heures. Avant son départ, elle prit soin de se couper soigneusement les ongles, de lisser ses cheveux et de les attacher. Le temps d'arriver aux abords du travail d'Alex, il serait dix-sept heures. En cette saison, les journées étaient moins lumineuses, mais il ferait encore jour. Elle suivrait Alex jusque chez elle.

Sur le trajet, qu'elle avait préalablement repéré, il y avait quelques rues plus tranquilles. Elle avait même remarqué, à trois cents mètres de l'endroit où Alex vivait, une voûte donnant sur une cour déserte, qui ressemblait à une décharge. Là, le voisinage avait entassé au fil des ans des cartons, des pièces de voitures et du vieil électroménager. L'immeuble lui-même semblait abandonné, voué à la démolition.

A cinq heures moins le quart, elle attendait à proximité de la bibliothèque. Elle s'était postée dans un café, qui, s'il ne se trouvait pas juste en face, offrait cependant des conditions de guet idéales. Elle avait commandé un thé, et elle tournait sans s'arrêter la cuillère dans la tasse, alors qu'elle n'avait mis aucun sucre. A son arrivée, le patron, ainsi que les deux autres clients, sans doute des habitués, avaient jeté des regards suspicieux, teintés de moquerie, sur son étrange accoutrement. Elle l'avait tout du moins interprété ainsi. Elle avait insisté pour payer tout de suite, afin de ne pas être retardée et pouvoir fuir ce bistrot lugubre dès qu'elle verrait Alex sortir.

Elle cligna des yeux. Elle espérait qu'elle ne la raterait pas. La luminosité avait décliné, le temps avait tourné, l'été indien semblait avoir définitivement laissé la place à une ambiance morose. Il faisait froid pour la première fois depuis six mois. Elle pensa avec affolement que ses parents allaient certainement avancer leur retour. Peut-être que ce soir était le seul soir. L'occasion à ne pas manquer.

Après vingt-cinq minutes d'attente, Elise avait fini son thé et Alex n'avait toujours pas paru. Peut-être l'avait-elle ratée ? Elle devenait de plus en plus nerveuse et mal à l'aise, s'agitant sur sa chaise. Elle sortit.

Devant le café, Elise enfila son bonnet et ses gants, enroula une écharpe autour du bas de son visage. « Le temps a ses avantages », pensa-t-elle. Le cœur battant à toute allure, elle se sentait vivante pour la première fois depuis des mois. Elle était maîtresse de sa vie. Elle était libre et forte. Elle n'avait pas le choix.

Alors qu'elle se répétait ces mots, Alex parut enfin sur le seuil de la bibliothèque. Elle boutonna son caban gris, enfila ses mains dans ses poches et partit dans la direction opposée au café, le cou enfoncé dans son col, la tête baissée, comme pour se protéger du froid. La bise soufflait. Les feuilles mortes tourbillonnaient, pathétiques reliques d'un printemps radieux. Elles avaient dû être si belles, lorsque, vertes encore, elles ondulaient sous la caresse de la brise, suspendues aux branches des arbres.

Tandis qu'elle emboîtait le pas à Alex, dans une posture identique, les mains dans les poches, le col relevé, elle savait que c'était la dernière promenade qu'elles feraient jamais ensemble. Une marche d'adieux. Dans sa tête, trottait, comme un leitmotiv, l'une de leurs chansons phare. *Enjoy the silence*, par Depeche Mode. Mais il s'agissait, comme les circonstances l'exigeaient, de la version lente, à l'harmonium, chantée par Martin Gore. « Un chant funèbre, se dit-elle, avec la voix d'un ange. » *Tout ce que j'ai toujours voulu, tout ce dont j'ai toujours eu besoin, est ici, dans mes bras.* Bientôt, bientôt, elle allait lui dire adieu.

Elise avait craint que le petit ami se soit cru obligé de venir chercher Alex à la sortie de son travail, mais il n'en avait rien fait. Elle y vit là un signe d'encouragement. Elles marchèrent ainsi une vingtaine de minutes, traversant des quartiers tristes, aux immeubles délabrés, aux façades condamnées. Tandis qu'elles passaient sous un pont de chemin de fer, un train roula avec fracas au-dessus d'elles. Alex ne tourna pas une seule fois la tête. Elle paraissait absorbée par sa marche et ne remarquait rien autour d'elle. Elise, elle, ne voyait qu'Alex.

Et puis, comme dans un rêve, elles s'approchèrent du lieu qu'Elise avait repéré quelques jours plus tôt. L'immeuble était sur leur droite, la cour était à peine éclairée. Elle laissa Alex la distancer quelque peu, se dissimula dans la pénombre, sortit rapidement son couteau du sac à dos, et appela, le plus fort possible :

— Alex !

Elle n'aurait pas de seconde chance. Cette dernière avait déjà dû s'éloigner et ne l'avait peut-être pas entendue. Après quelques secondes angoissantes, Alex répondit enfin :

— Qui est là ?

Elle avait dû faire demi-tour et se dirigeait probablement vers elle. Elise écouta les pas de son amie se rapprocher.

Elle maintint le couteau dissimulé dans le pan de son manteau, le tenant le plus droit possible afin qu'il fût invisible. En prenant une profonde inspiration, Elise sortit de sa cachette. Alex eut un mouvement de recul, et Elise ne sut dire si elle était effrayée, étonnée ou agacée. Ou peut-être les trois à la fois.

— Je suis désolée, bégaya Elise, je voulais juste... je voulais...

Que pouvait-elle lui dire ? Qu'elle voulait lui parler ? Pouvait-elle agir, maintenant qu'Alex était en face d'elle, la fixant d'un air stupéfait, ne se décidant pas à faire un pas vers elle ? En voyant son expression, Elise puisa en elle la force de continuer :

— Je voulais dire… C'est absurde… C'est ma faute… Je suis vraiment désolée...

Sur le point de suffoquer, Elise avait reculé dans l'ombre de la voûte. Les traits d'Alex se détendirent. Elle s'approcha d'Elise, la suivant dans la cour obscure.

— Ça ne va pas ? lui demanda Alex, si doucement, si gentiment, qu'Elise sentit ses forces s'effondrer. Elle ne put que répéter, au bord des larmes :

— Je suis désolée. Je suis désolée.

Et elle se mit à pleurer, telle une enfant, à chaudes larmes, sans pudeur ni retenue. Elle se revit à l'école primaire, lorsque ses petits camarades se moquaient d'elle ou la mettaient de côté, s'absorbant dans leurs jeux remuants et joyeux pendant qu'elle les regardait, elle, la petite fille triste, appuyée contre un mur de la cour de récréation. Pensive et déjà soucieuse, trop mûre pour son âge. Elle se remémora la faculté et son impuissance chronique à s'intégrer à la foule tapageuse des étudiants, et à fournir un travail régulier. Puis, l'incapacité à se remettre de l'échec de ses études, à trouver un emploi, à bâtir un projet d'avenir. Alex avait réussi, elle. Alex était du côté des vivants. Et elle avait dû lâcher le poids mort qu'Elise représentait. Il semblait à cette dernière qu'on lui avait injustement confisqué son jouet préféré.

— Elle m'a pris ma vie, pensa Elise alors. Le vide se fit en elle, et elle se contempla, sans émotion, soudainement extérieure à elle-même.

Alex, émue, l'avait prise dans ses bras, lui tapotant le dos, murmurant des « chut… Allons… Allons… »

Appuyée contre son amie, Elise l'avait enlacée de sa main gauche, mais sa main droite n'avait pas lâché le couteau, toujours caché sous son manteau. En une fraction de seconde, sans plus hésiter, elle fit un pas en arrière, sortit l'arme d'un mouvement sec et la plongea dans la poitrine d'Alex. Ce ne fut pas aussi facile qu'elle l'avait imaginé. Il lui fallut une force surhumaine pour enfoncer la lame de seulement quelques centimètres.

Alex eut un hoquet, ses yeux s'agrandirent. Elle essaya de respirer, de reculer de quelques pas, mais Elise l'avait ramenée vers elle. Elle ne voulait pas voir l'expression des yeux d'Alex tandis qu'elle réalisait ce qui était en train de lui arriver. Elle la serra contre elle, retirant d'un geste brusque le couteau qui tomba à ses pieds avec un bruit métallique. Alex poussa un gémissement, mais elle ne se débattit pas. Elise la sentit s'affaisser dans ses bras. Elle enfouit son visage dans la chevelure longue et bouclée d'Alex, respira de toutes ses forces son parfum. Ce fut la première et la dernière fois. Elle disait adieu à l'être qu'elle avait le plus aimé au monde, elle qui s'était si souvent jugée incapable de nourrir une affection sincère pour quiconque.

Et elle ne savait plus, à présent que le mal était fait, si l'anéantissement d'Alex allait la ramener, elle, le pitoyable fantôme, parmi les vivants ou si elle finirait par s'enfoncer un peu plus dans le royaume des Morts.

XXVII

L'aube se leva sur les toits de la ville. Malgré l'heure matinale, l'air était déjà tiède, chargé de particules fines. Lyon au mois d'août, le matin, était calme, la circulation rare sur les quais de Saône. Après un guet inutile de quatre heures devant l'immeuble de Franck, Elise s'était traînée en ville et avait fini par s'assoupir sur un banc, face à la rivière. Elle se réveilla, les muscles endoloris, la bouche pâteuse, la peau collante de moiteur. Elle n'en revenait pas. C'était la première fois de sa vie qu'elle passait une nuit dehors. Alors qu'elle tentait de recoiffer ses cheveux emmêlés d'un geste maladroit de la main, un clochard s'installa à côté d'elle. Il se parlait à lui-même, semblait ne pas la voir, trop occupé à disposer devant lui une rangée de cannettes de bière. Soigneusement alignée par ordre décroissant.

Elise fila sans un mot. Elle remonta péniblement la rue de l'Annonciade, en direction de son domicile. Elle redoutait encore de se retrouver seule, mais elle se sentait si épuisée qu'elle n'avait plus qu'une envie : s'allonger et dormir enfin dans un vrai lit, au calme et tranquille. Aux abords de son immeuble, elle fit une halte et se frotta les yeux. Cathy se tenait devant la lourde porte de bois, paraissant attendre quelque chose ou quelqu'un. Elise fut prise d'une soudaine colère. Elle s'approcha de la jeune femme, ses forces revenues.

— Tu es encore là, toi ? Qu'est-ce que tu fais ? Tu surveilles mes allées et venues, tu m'espionnes ?

221

Cathy ne répondit pas. Elle semblait figée et regardait Elise comme si elle ne la voyait pas, ou plutôt comme si elle voyait à travers elle.

Elise la prit par le bras, la secoua pour la faire réagir. Elle devait savoir. Sa voisine l'avait-elle suivie hier soir ? Cathy geignit :

— Lisa…

Lisa ? Personne ne l'appelait ainsi. Seule Alex s'était permise…

— Non, finalement ne dis rien. Tu parles toujours pour ne rien dire. Tu m'ennuies, ma pauvre, je ne veux plus t'avoir dans mes pattes, tu comprends. Je ne veux *plus* te voir !

Cathy avait caché sa tête dans ses mains, et restait ainsi debout, immobile. Des hoquets la secouaient, mais elle maintenait son visage dissimulé. Elle marmonnait quelque chose d'inaudible. Elise tendit l'oreille. Cathy lui murmura :

— Tu me fais de la peine, au fond. Lisa. Tu seras toujours Sad Lisa.

Elise frissonna. Qu'est-ce que Catherine lui racontait là ? Elle avait mal entendu, c'était évident. Personne ne savait. Elle recula de quelques pas, effrayée, fixant Cathy comme si elle avait devant elle un animal à la fois répugnant et dangereux. Elle ne pouvait pas rester ainsi, avec tous ces poids morts, ces gens qui tentaient de découvrir ce qu'elle faisait, et dans quel but ? Pour prévenir la police ? Pour la dénoncer ou dénoncer Franck ?

— Laisse-moi tranquille.

Elise tourna le dos et s'éloigna d'un pas vif. Elle ne voulait pas rentrer chez elle. Pas encore. Elle ne pouvait pas risquer de retrouver Elodie, Emeline, Irène, Laetitia... Comment s'appelait la dernière ? Elle ne savait plus.

Elle commença à redescendre en direction du centre-ville, sans un regard en arrière. Elle n'avait pas parcouru plus de deux cents mètres qu'elle vit se garer le long du trottoir à côté d'elle une vieille Twingo bleue qui lui était familière. Liam en sortit rapidement, vint à sa rencontre. Elle acquit tout à coup une certitude : Cathy et Liam étaient très certainement de mèche pour l'espionner. Elle hocha la tête d'un petit mouvement sec quand il parvint à sa hauteur et s'apprêta à poursuivre sa route, lorsque Liam la retint par le bras. Elle se dégagea d'un geste impatient.

— Attendez, attendez, s'écria-t-il. Vous m'avez l'air bien agité ! Quelque chose ne va pas ?

Elise se planta face à lui :

— Qu'est-ce que vous me voulez encore ?

Sa voix, sèche, tranchante, assurée, fit ciller Liam. Brièvement désarçonné, il la regarda comme s'il la rencontrait pour la première fois. Après quelques secondes il reprit cependant sur un ton détaché :

— Et bien, je vous cherchais. Je pense que nous devrions parler...

Il la prit par le coude et l'entraîna ; elle se laissa fléchir, protesta pour la forme. Ils entrèrent dans un bistrot de quartier, plutôt miteux. Le patron, en grande conversation avec deux piliers de bar, s'interrompit. Trois paires d'yeux furent instantanément braquées sur eux. Liam assit d'autorité Elise sur une banquette en skaï marron qui avait connu des jours meilleurs et alla passer commande au comptoir. Il ramena deux tasses de café. Comme Elise ouvrait la bouche, il argua :

223

— Ne dites rien. Huit heures du matin, c'est l'heure du café noir, et pas de l'apéro. Quoi que vous n'auriez rien eu contre un Irish coffee ?

Elise sentit ses joues s'empourprer. En tremblant, elle remua la cuillère dans sa tasse. Elle avait toujours conservé la manie de touiller ses boissons, qu'elle prenait pourtant sans sucre.

Liam avala une gorgée de café brûlant et lui demanda :

— Je peux vous poser une question ? Ça fait combien de temps que vous n'avez pas eu une vraie nuit de sommeil ?

— Et vous ?

La réponse avait fusé. Elise savait qu'elle affichait une mine pitoyable, les traits bouffis, les paupières gonflées par la fatigue. Mais Liam aussi paraissait épuisé, avec des cernes sombres sous les yeux et un tic nerveux au coin des lèvres. Elle le dévisagea, plus du tout intimidée comme naguère par son impassibilité tranquille. Il esquissa un sourire, malgré lui :

— Ça, on ne peut pas dire… Vous avez changé. Je ne sais pas si c'est en mieux finalement.

— Que voulez-vous me dire ?

Liam se rapprocha d'elle, par-dessus la table. Leurs têtes se touchaient presque. Les piliers de bar avaient repris leurs conversations, des éclats de voix bruyants mêlés de rires épais.

— Ecoutez... On ne va pas se disputer. Je suis inquiet pour vous, d'accord ? Je pense que vous n'êtes pas prudente. Vous ne devriez pas jouer ainsi avec le feu.

— Si vous faites allusion à mon style de vie, cela ne vous regarde pas. Vous n'êtes pas ma mère. Je vous rappelle que je ne travaille pas en ce moment, je peux donc vivre en décalé si j'en ai envie...

Cette dernière réplique fit perdre à Liam sa placidité coutumière. Il la prit par le poignet, et s'approchant davantage, murmura, d'une voix plus tendue et pressante :

— Je parle de votre manie de vous balader seule en pleine nuit, alors qu'un prédateur rôde.

— Tiens ? Je croyais que je ne risquais rien ? N'est-ce pas vous qui m'aviez dit cela, il y a quelques semaines ? Je suis trop vieille, non ?

Elise sourit de toutes ses dents. Quoi qu'il ait eu derrière la tête, elle n'avait pas peur de lui. Elle ne s'abaisserait plus jamais devant personne. Liam fit mine de se lever, mais se ravisa. Il prit une grande inspiration et poursuivit, la voix sourde :

— Arrêtez, s'il vous plaît. Arrêtez ça tout de suite. Je pense que vous le faites exprès. Je pense aussi que vous voulez qu'IL vous trouve.

Il avait indiqué d'un mouvement de tête le poste de télévision situé au-dessus du bar. Le portrait-robot de Franck s'affichait sur l'écran.

Elise se leva d'un bond :

— Vous êtes fou.

Elle prit son sac. Liam lui agrippa de nouveau le poignet, d'un geste violent qui arracha à Elise une sourde plainte. Il la fixait toujours dans les yeux, en chuchotant :

— Encore un instant. Je n'ai pas fini.

Elle se rassit, vaincue, se frottant le poignet. Depuis le comptoir, des têtes se tournèrent vers eux. Elise et Liam restèrent immobiles, le temps que l'attention des clients se portât ailleurs. Puis Liam reprit :

— Bon sang… Vous avez bien dû voir les photos, comme tout le monde ! Laetitia, Irène, Sonia, Elodie… Emeline… Sa voix s'enroua. Elles vous ressemblaient. Toutes, sans exception. Et Emeline est celle qui vous ressemblait le plus…

Très calme, Elise répondit d'une voix basse, en commençant à se lever :

— Je suis désolée. J'ignore ce que vous attendez de moi, mais je sais que vous avez parlé à la presse. Je vous ai vu avec un journaliste. Il vous a déposé chez vous un soir.

Liam avait blêmi.

— Vous ne comprenez pas. Vous ne savez pas que pour quelles raisons je l'ai fait.

Elise conclut en lançant une pièce de deux euros sur la table :

— Justement, je ne sais pas pourquoi vous avez agi ainsi, quoi qu'en vérité je m'en doute un peu. Mais cela ne me regarde pas. Ne vous mêlez pas de mes affaires et je ne me mêlerai pas des vôtres.

Cette fois-là, Liam ne la retint pas. Il resta assis face à son café tandis qu'Elise sortait du bar sans se retourner.

Après cette conversation orageuse, elle était bien décidée à se réfugier chez elle. Elle arriva, haletante, dans le hall de l'immeuble, vérifia le contenu de sa boîte aux lettres d'une main fébrile. Elle était vide. Un bruit de clé lui fit tourner la tête. La porte d'entrée de Mme Vernay s'ouvrit et la septuagénaire parut sur le seuil, vêtue d'un survêtement bleu roi et encombré d'un sac de sport volumineux. Elle afficha un grand sourire en la voyant.

— Ah, Mademoiselle, vous avez croisé votre ami ?

Elise se raidit. Elle ne devait cependant montrer aucun signe d'affolement ou d'agitation devant la commère de l'immeuble. Elle répondit simplement :

— Quel ami ?

— Et bien, celui qui est déjà venu à plusieurs reprises. Il ne s'est pas présenté. Mais il est absolument charmant.

Elle rit, s'approcha davantage d'Elise. Cette dernière s'était figée, abasourdie.

— Et beau garçon avec ça. Il est arrivé tout à l'heure, vous n'étiez pas là. Je lui ai proposé une tasse de café, mais il a décliné l'invitation. Puis il m'a dit qu'il allait vous laisser un mot sous votre porte.

Son sourire s'élargit.

— Il est vraiment charmant et élégant. J'ai d'abord cru qu'il s'agissait d'un commercial, ou, vous savez, ces gens qu'on voit parfois dans la rue avec un badge sur leurs costumes, des mormons, je crois…

Elise s'était déjà ruée dans les escaliers et n'entendit pas la fin du monologue de la voisine du rez-de-chaussée. Elle fut elle-même surprise d'arriver au quatrième étage sans le moindre essoufflement, malgré son cœur qui battait à tout rompre. Elle ouvrit sa porte et un papier glissa. Elle se baissa pour le ramasser.

Au premier abord, elle crut qu'il s'agissait d'un prospectus, du genre que glissent dans les boîtes aux lettres les agences immobilières. En réalité, c'était une carte postale. Le recto représentait la cathédrale St Jean, le principal édifice religieux du Vieux-Lyon et l'un des plus importants de la ville. Elle hésita, puis retourna la carte. Une écriture nette, précise mentionnait simplement : demain matin. 7 heures.

Elise fit volte-face, alarmée à l'idée de voir Franck surgir de dessous les escaliers. Elle sursauta lorsqu'une porte claqua, quelques étages plus bas. Elle cacha la carte, se donnant une contenance et attendit que le bruit s'estompât.

Ainsi, il l'avait retrouvée. Il l'avait suivie comme elle l'avait suivi. Et maintenant, il faudrait l'affronter. Elle descendit à toute vitesse, s'arrêta au troisième étage, et frappa à la porte de Cathy. Sa voisine devait être là. Elle était toujours là quand Elise avait besoin d'elle, et il lui avait semblé comprendre qu'elle ne repartirait pas pour la campagne avant un bon bout de temps. Elle frappa encore, plus fort. Puis elle s'affola. Que faisait-elle ? Elle sentit un frisson lui parcourir la colonne vertébrale. Elle sortit la carte postale de sa poche. Elle la relut, essayant de saisir un sens caché : demain matin, 7 heures. Pourquoi se rendrait-elle à ce rendez-vous absurde, quel moyen Franck pourrait-il utiliser pour la convaincre ? Si elle avait été à sa place…Elise dut se raccrocher au chambranle de la porte. Il y avait bien une théorie possible. Et après tout, elle semblait plausible.

Franck l'avait suivie, savait où elle vivait, devait s'être renseigné sur ses voisins et ses connaissances. Il détenait Cathy.

Franck avait certainement perdu le peu de raison qu'il possédait. Il la traquait jusque chez elle. Il venait, à visage découvert, d'établir un lien entre eux, au vu et au su de tous ses voisins. Et si Liam l'avait croisé ? Et s'il l'avait reconnu sur le portrait-robot ? Franck voulait-il l'entraîner avec elle, dans sa chute ?

Il lui restait une dernière chose à faire. Elle remonta chez elle, ferma tous les verrous, puis alla ramasser le classeur en dessous du lit. Elle en arracha les lettres d'Alex, en fit un paquet qu'elle posa sur la table. Elle récupéra ensuite dans son placard le coffret de bougies parfumées qu'elle n'avait jamais entamé. Il aurait finalement son utilité. Elle en rit.

Puis elle craqua une allumette et mit le feu à une bougie. Elle approcha la première lettre d'Alex de la flamme, la regarda noircir et se consumer lentement dans l'évier de la cuisine. Sad Lisa furent les dernières lettres à disparaître. Elle continua jusqu'à ce que le tas fût épuisé, vidant l'évier au fur et à mesure. Ensuite, elle fouilla de nouveau dans le carton. Elle trouva le dessin qu'elle avait plié en quatre et dissimulé dans une enveloppe. Le portrait d'Alex. Elise le regarda brûler lui aussi. Il ne restait plus rien de son amie, à présent. Pour de bon.

Franck pourrait raconter ce qu'il voulait. Il n'avait aucune preuve. Et c'était si ancien. Le passé est une terre étrangère. Qui avait écrit cela ? Elle ne savait plus. Alex aurait su, elle. Mais c'était vrai. Un pays étranger, où personne ne pouvait retrouver sa trace. Elle fixa le plafond, sans comprendre comment, en quelques semaines, toutes ses défenses s'étaient ainsi écroulées. Comment avait-elle pu perdre le contrôle de manière si inconsidérée ?

Elle enfouit son visage dans ses mains, en un geste théâtral, seule actrice et spectatrice de sa vie. Elise pensait à Franck, et plus elle y réfléchissait, plus son attitude prenait un sens. Tous ses faits et gestes jusqu'alors avaient prouvé qu'il ne lui voulait aucun mal. Il l'avait épargnée. Parce qu'elle était spéciale pour lui. Le cœur d'Elise s'accéléra.

Les heures passèrent. En début d'après-midi, elle alluma son ordinateur. La consultation des sites d'actualités était devenue une habitude. Un visage blond, rond aux joues roses, apparut. *Comment j'ai échappé au tueur aux cierges, par Sandra Hirsch.*

Elise se pencha sur son écran, le touchant presque, incrédule. La rescapée racontait tout. Son retour tardif chez elle. L'homme encore jeune, la trentaine, bien habillé, qui l'avait abordée sur le trajet pour lui demander un renseignement. La manière dont il s'était jeté sur elle pour tenter de l'entraîner dans une cour voisine, en étouffant ses cris. Puis son combat « héroïque » pour se libérer et sa fuite affolée :

Il était très fort, plus fort que son apparence soignée pouvait laisser penser au début. Mais il a été complètement déstabilisé par ma résistance. Je n'oublierai jamais le visage de cet homme, ni sa voix, ni ses mains sur ma bouche. Je pouvais respirer son parfum, un parfum de luxe. Il était tellement propre sur lui que j'ai mis quelques secondes à réagir. Je n'ai pas compris pourquoi il avait besoin de faire ça, alors que manifestement il ne devrait avoir aucun mal auprès des femmes...

Elise se redressa. Elle comprenait le mouvement de Franck vers elle. Avec un tel témoin, qui le reconnaîtra certainement, il était fini et n'avait plus rien à perdre. Il se moquait de montrer son visage parce qu'il comptait fuir, certainement. Il en avait les moyens.

Elle se servit un verre. Il restait un fond de porto dans une bouteille. Elle ajouta deux glaçons, s'installa sur le canapé. Et s'il voulait l'emmener avec lui ? Elle porta le verre à ses lèvres, avala une gorgée d'alcool. Oui, c'était cela l'explication. Il voulait partir avec elle. Il ne la laisserait pas dans une situation difficile. Voilà pourquoi il s'était montré auprès de Mme Vernay, alors que son identité serait bientôt établie. Une manière de lui forcer la main. Elle se leva. Était-elle prête à faire le grand saut ? A quitter sa vie ? « Ou plutôt mon absence de vie », songea-t-elle avec amertume. Elle non plus n'avait pas grand-chose à perdre. Oui, elle était prête. Elle verrait bien.

Elle se rendit d'un pas nerveux dans sa chambre. Elle n'avait plus peur des fantômes. Il était temps de prendre le contrôle de sa vie. Elle sortit son sac de voyage, ouvrit la fermeture Éclair d'un geste brusque, puis commença à entasser des effets personnels d'une main fébrile, sans se donner la peine de les plier. Elle n'avait presque rien à emporter. Elle éprouvait simplement un pincement de regret à l'idée d'abandonner le contenu de sa bibliothèque. Puis un éclair de lucidité la traversa, elle pensa soudain qu'elle était ridicule. Elle ne partirait nulle part. Elle s'assit sur le lit, abattue.

Elle hésita un moment, puis recommença, lentement cette fois, à remplir son sac. Elle devait faire face à l'imprévu. Préparer ses bagages ne l'engageait à rien, en réalité. « Comme acheter une combinaison de ski et un couteau de boucher, pensa-t-elle. On n'est pas coupable de ce que l'on prépare, mais seulement de ce que l'on exécute. »

Elle repassa dans sa pièce à vivre, se dirigea vers le bureau. Elle avait failli omettre l'essentiel. Elle jeta dans un sac-poubelle tous les articles découpés, les magazines qui s'empilaient sur son bureau. Elle ne devait garder aucune trace de son intérêt pour l'affaire. Sur la pointe des pieds, elle descendit le sac dans le local à poubelles, afin de n'éveiller l'attention de personne. Puis elle remonta chez elle et l'interminable attente commença.

Les heures la séparant du rendez-vous s'égrenèrent avec lenteur. Elise ne put dormir de la nuit. Elle resta assise à la table de la cuisine, alternant les thés et les cafés, les yeux fixés sur l'horloge. Au fur et à mesure que la nuit s'avançait, elle sentait ses forces décliner et sa résolution faiblir. Au petit matin, elle crut que ses jambes ne pourraient pas la porter. Mais elle devait le faire. Pour Cathy. Et pour elle.

A six heures vingt-cinq, elle sortit de l'appartement. Elle avait calculé qu'il lui faudrait une bonne demi-heure pour se rendre à pied jusqu'à Saint-Jean. Les yeux rougis, les paupières lourdes, elle descendit les marches avec lenteur, sa main crispée sur la rambarde.

Arrivée sur le palier du troisième étage, un bruit de clé lui fit tourner la tête : Liam parut dans l'embrasure de sa porte. Ils se dévisagèrent, sans rien dire. Son regard était triste. Il l'arrêta alors qu'elle reprenait la descente des marches :

— Attendez. Vous devriez rester chez vous aujourd'hui. Je suis sérieux.

Elise se retourna pour le regarder. Elle aurait voulu le remercier d'avoir été si gentil, si doux avec elle. Lui dire que ce n'était pas sa faute, que les choses n'auraient pas pu être différentes. Elle ne put prononcer un mot. Sans un regret, elle lui tourna le dos et descendit. Elle était dans un tunnel et ne percevait plus rien autour d'elle. Elle allait revoir Franck et, enfin, lui parler.

Elise aimait les rues de sa ville au petit matin. Elle aimait le calme, la douceur du climat, les trottoirs fraîchement nettoyés et déserts. Les bistrots étaient déjà ouverts, accueillant les travailleurs matinaux et les noctambules en bout de course. Lors d'une journée ordinaire, elle aurait eu envie de s'arrêter dans un de ces lieux de vie, prendre un café et un croissant. Elle n'avait pas le temps, et pas d'appétit.

Elle arriva devant la cathédrale à sept heures moins cinq. Elle essaya de pousser, en vain, l'une après l'autre, les lourdes portes en bois. Elles étaient verrouillées, comme il fallait s'y attendre. Un moment, elle pensa avoir mal interprété le message. Peut-être y avait-il un café à proximité, d'où l'on pouvait voir l'entrée de la cathédrale ? Elle attendit encore, ne sachant quoi faire, jetant un œil nerveux sur les rares passants qui traversaient la place pavée.

Un léger claquement la fit sursauter. L'une des portes venait de se déverrouiller. Mais par quelle magie Franck avait-il eu accès à l'enceinte de la cathédrale en dehors des heures d'ouverture ? Elle attendit encore une minute, prenant son courage à deux mains, et pénétra dans l'édifice.

La cathédrale Saint-Jean, à l'opposé de la basilique de Fourvière, affichait une sobriété remarquable. Elle était plongée dans la pénombre, une faible lueur parvenait à peine à traverser les vitraux à cette heure du jour.

Elise s'avança avec timidité, longeant le bas-côté nord en direction de l'horloge astronomique, tournant la tête de tous côtés pour tenter d'apercevoir Franck. Elle déambula entre les piliers gigantesques, telle une touriste, mais sur la pointe des pieds, de peur que l'écho de ses pas n'alertât quelqu'un de la paroisse. Elle traversa la nef et finit par le trouver, dans une chapelle latérale, assis sur un banc.

— Où est Cathy ? Qu'est-ce que tu lui as fait ?, furent les premières paroles qu'elle lui lança. Il tourna vers elle son regard grave, sombre, qui la saisissait tout entière.

— Elise. Elise. S'il te plaît, arrête. Tu sais bien qu'il n'y a jamais eu de Cathy.

XXVIII

L'écho de ces mots se répercuta longuement sur les vitraux, les piliers et les voûtes à croisées d'ogive. Elise tombait. Sa chute vertigineuse lui paraissait sans fin, tandis qu'elle se raccrochait à ce qu'elle pensait savoir, à ses souvenirs, à ses sensations. Elle pouvait toujours se fier à ses yeux et ses oreilles. Elle n'était pas folle. Franck mentait. Franck était fou. Catherine était son amie. La seule après toutes ces années. La seule qu'elle avait laissée approcher. Elle sentit les larmes lui monter aux yeux, aux souvenirs de leurs instants ensemble.

Et puis, une lueur de raison se leva en elle. Elle n'avait jamais vu Catherine avec une tierce personne. Aucun habitant de l'immeuble ne lui avait parlé d'elle. Elle avait croisé, très rarement, le vieux couple du troisième étage qui passait son temps dans sa résidence secondaire. L'étudiante déterminée, vive et rieuse, avait cédé la place au fil des mois à un autoportrait morose, une jeune fille, solitaire, triste, dont les parents âgés se rendaient à la campagne, la laissant seule dans l'appartement. Une jeune fille qui se rendait à l'université, sans enthousiasme, ne sachant pas quoi faire de sa vie. Une jeune fille aux cheveux longs, qui se cachait derrière sa mèche, et fuyait le monde réel.

Elise baissa la tête. Elle avait cru, près de dix-huit ans auparavant, avoir mis un terme à son isolement. Au cœur de ce monde glacial, un jour, elle avait trouvé une lumière, une connexion dans sa solitude. Puis, trop vite, l'effondrement de son univers l'avait laissée de nouveau démunie, nue, sans refuge. Ecorchée vive sous la bise, dans cette plaine rocailleuse et froide. C'était cela, l'enfer. Une plaine sombre battue par les vents. Où elle demeurait seule, sans personne pour répondre à ses cris.

Alex, elle, avait été bien réelle et l'avait aimée, autant que cette fille autodestructrice et narcissique le pouvait. Elise l'avait tuée, pour l'avoir toujours avec elle, pour la garder dans leur monde. Et l'amitié avec Cathy avait semblé constituer l'unique moyen de se racheter. Mais il n'y avait pas de rédemption possible pour l'acte qu'elle avait commis.

Franck n'avait pas bougé et la fixait toujours depuis son banc, dans la chapelle. Ces yeux sombres brillaient, d'une lueur triste.

— Je t'ai observée pendant des mois. Et je ne t'ai jamais vue avec personne. Sauf avec ce type en dessous de chez toi. Il est policier, au fait.

— Je le sais, lui répondit-elle vivement. Il ne l'a pas caché. D'ailleurs, il y a de bonnes chances pour qu'il m'ait suivie. Je l'ai croisé en partant.

Franck sourit en regardant avec complaisance ses mains soignées et manucurées.

— Ah. Je vois. Savais-tu qu'il était le petit ami d'une victime ? J'ai trouvé ça d'une ironie parfaite, quand je l'ai appris, et quand je me suis rendu compte qu'il venait d'emménager dans ton immeuble. Peut-être qu'il suit une piste ?

Son ton supérieur irrita Elise.

— Je m'en doutais également. Je pensais bien qu'il ne me témoignait pas de l'intérêt pour rien. Mes admirateurs ne courent pas les rues.

Ces mots amers, cinglants, restèrent un instant suspendus dans le silence. Ils baissèrent les yeux tous les deux, ne sachant pas comment poursuivre, ni quoi se dire. Elise reprit enfin :

— Je ne me souvenais vraiment pas de toi. Pourtant, dès que je t'ai croisé dans la crypte, j'ai senti que toi, tu m'avais reconnue. Mais je ne me rappelais pas dans quelles circonstances je t'avais rencontré. Tu n'étais pas dans mon monde. Juste à la lisière. J'aurais dû savoir pourtant. J'aurais dû comprendre plus tôt pourquoi tu figurais dans mes rêves. J'ai réalisé avec les cierges que tu laissais à côté des victimes.

Dans la chapelle, Franck s'était levé. Elise demeurait prudemment à l'extérieur, incapable de pénétrer dans l'enceinte. Elle s'approcha néanmoins de quelques centimètres, agrippa la grille en fer forgé, les mains crispées et bleuies par le froid.

— Tu me suivais déjà, à l'époque, n'est-ce pas ? Tu t'intéressais à moi. Tu as tout suivi, tout compris. Tu savais. Et tu étais là le jour où…

Elise frissonna. Elle se sentait glacée, jusque dans ses os, jusqu'au plus profond d'elle-même, tandis que montait une musique familière. Elle murmura :

— J'ai besoin d'être purifiée, il est temps de faire amende honorable.

Franck la regarda, désorienté pendant un instant. Puis il eut un sourire entendu :

— Ah oui, ce sont les paroles de la chanson. Cette chanson qui passait en boucle dans ta chambre. Je ne l'ai jamais oubliée même si je ne la connaissais pas à l'époque. Un choix judicieux, pour en finir, si je puis me permettre, ajouta-t-il d'un ton ironique.

Cette chanson, elle l'avait écoutée si souvent dans le noir, rêvant de s'enfuir pour de bon. Elle avait vécu dans la terreur, dans le chagrin, dans le dégoût d'elle-même et des autres. Les heures et les jours qui avaient suivi la disparition d'Alex s'étaient écoulés dans un brouillard opaque. A peine avait-elle remarqué le retour de ses parents, heureux de la revoir et de retrouver leur petit confort urbain durant les mois d'hiver. Elle était restée en état de choc, parvenant cependant à donner le change devant ses proches.

Enfermée dans sa chambre, elle revoyait sans cesse défiler les derniers instants : le corps d'Alex qu'elle traînait avec peine dans un coin de la cour, près d'un conteneur à ordures ; le cierge, à demi brûlé, qu'elle avait laissé près de son amie pour faire croire à un crime rituel ; le couteau ensanglanté, les bottes de pluie, les gants et le pantalon de ski qu'elle avait fourrés à la hâte dans des sacs-poubelles distincts. Son manteau, taché, avait été roulé en boule et caché dans son sac à dos. Elle avait ensuite enfilé une paire de baskets propres et enfoncé un peu plus sur ses yeux son bonnet, rentrant ses cheveux en dessous pour les dissimuler. Elle était enfin ressortie de la cour d'un pas tranquille, avait tourné dans la première rue et jeté les sacs-poubelles dans une bouche d'égout.

Et elle avait attendu, rongée d'angoisse, la visite de la police, qui, avait-elle pensé alors, n'aurait su tarder. Elle n'avait trouvé qu'un bref article, le surlendemain de l'événement. Trois petites lignes dans la rubrique « faits divers » du journal local. C'était tout ce qu'il restait d'Alex. Sa disparition avait donc fait si peu de différence en ce monde ? Elle avait pensé être questionnée, en tant qu'amie de la victime. Rien ne se passa durant les premières semaines. Elise avait réalisé avec amertume, qu'apparemment, elle n'était pas si proche. Elle avait alors loué le sens du secret d'Alex, tout en se sentant un peu humiliée de n'être que quantité négligeable. N'avait-elle été que cela, une connaissance de passage ?

Les mois avaient passé. Le jour où la sonnette avait retenti chez ses parents, en janvier, elle ne s'attendait déjà plus à être questionnée. Mais, après la visite de la police, elle avait compris qu'elle serait toujours en sursis. L'hiver avait pris fin. L'anniversaire du merveilleux printemps s'était approché, et Alex ne le fêterait pas avec elle, si tant est qu'il y eût jamais quelque chose à fêter. Elle avait senti qu'elle ne pouvait plus reculer.

Alors, ce printemps-là, quatorze ans plus tôt, elle avait attendu le premier week-end de ses parents à la campagne. Elle était seule enfin, dans l'appartement, après un trop long hiver passé à faire semblant, jusqu'à l'épuisement. Elle n'avait pu envisager que ce seul moyen, une sortie en beauté, digne de ses rêveries et de son monde imaginaire, drapés dans un romantisme morbide.

Elle s'était préparée à l'avance pour cette cérémonie : dans une boutique médiévale du Vieux-Lyon, elle avait acheté une longue robe blanche, doublée de dentelle, qui lui avait rappelé les tenues qu'arboraient les personnages du *Poème de l'âme*. Elle avait constitué un petit stock de cierges subtilisés dans les églises qu'elle avait visitées. Et surtout elle avait mis de côté, en les cachant avec d'infinies précautions, les médicaments dérobés un par un à sa mère au fil des semaines, afin que celle-ci ne se doutât de rien. Elle avait jugé qu'un cocktail d'alcool et de médicaments constituerait un bon début. Craignant cependant de ne pas disposer d'une dose suffisante pour s'endormir définitivement, elle avait prévu de placer à ses côtés un couteau. Elle n'avait pas exclu de s'en servir lorsqu'elle commencerait à se sentir partir : elle voulait, par-dessus tout, s'assurer de réussir sa tentative.

Ce samedi-là, en fin d'après-midi, elle était passée à l'action. Elle avait sélectionné la musique pour accompagner sa délivrance de ce monde, fermé tous les volets pour se protéger de la lumière du jour qui l'agressait. Puis lentement, méthodiquement, elle avait allumé les cierges placés sur les trois chandeliers. Alignés sur sa commode, ils brillaient, projetant une lueur fantomatique sur la reproduction du tableau de Magritte accrochée au mur en face d'elle. Elle avait laissé à côté d'eux une courte note, traduction de la chanson qu'elle avait choisie : « j'ai besoin d'être purifiée, il est temps de faire amende honorable. »

Elle n'avait même pas pensé à rejoindre Alex, car elle ne croyait en rien après la mort. Et Alex était devenue une étrangère. Elle ne laissait personne et personne ne l'attendait, là où elle se rendait. Mais elle cesserait enfin de souffrir du rejet, de l'abandon et de la trahison. Elle n'aurait plus à vivre quotidiennement avec le dégoût d'elle-même et la peur au ventre. Elle ne regrettait pas, pourtant. Alex l'avait mérité. Elle n'avait pas tué sa seule et unique amie, mais une étrangère qui avait réduit sa vie en miette, une inconnue froide, distante, qui l'avait écrasée avec l'indifférence d'un bourreau. Il eut mieux valu la haine, plutôt que ce tranquille détachement. C'était ainsi qu'Alex avait scellé son sort. Et celui d'Elise, tel un dommage collatéral. « Je l'ai cherché. Je l'ai mérité. Mais ce serait bientôt fini. Enfin. »

Et puis, tandis que les cachets avaient commencé à l'engourdir, que les bougies étaient devenues de plus en plus floues, elle avait senti une présence dans la pièce. Un jeune homme, pâle, dont elle n'était pas parvenue à distinguer les traits, penché sur elle, la touchant doucement. Et ensuite, dans le lointain, le son d'une voix affolée au téléphone.

Plus tard, elle s'était sentie ballottée, emportée dans un tourbillon de mouvements, de bruits, de couleurs vives. Quelqu'un lui avait crié :

— Êtes-vous consciente ? Restez avec nous. Clignez des yeux si vous nous entendez.

Et puis, de nouveau, la nuit.

— Je me suis réveillée à l'hôpital, deux jours plus tard, raconta Elise. Tout était si flou. Mes parents étaient là, mais je ne voulais pas les voir. J'avais honte, et j'étais terrifiée. J'ignorais qui était entré dans mon appartement. Et puis, je pensais que ma mise en scène allait attirer l'attention. Le couteau. Les cierges. La note. J'ai compris plus tard qu'il ne restait rien lorsque les secours sont arrivés. C'est bien toi qui as fait le ménage, hein ? Personne n'a jamais su qui les avait prévenus. Et puis, quelques jours plus tard, j'ai réalisé que je ne recommencerai jamais. J'avais eu trop peur. Je n'avais pas d'autre choix que de continuer.

Franck attendit un instant, puis il murmura :

— Mais tu n'es jamais revenue. Tu as disparu. Je t'ai attendue des années. Je suis allé tous les dimanches, pendant quatorze ans, dans la basilique dans l'espoir qu'un jour, tu y retournerais. Mais en réalité, il y avait bien longtemps que je n'y croyais plus.

Elise avala sa salive avec peine. Elle ne voulait pas se retrouver plongée dans cette période à la fois douloureuse et humiliante. A la clinique spécialisée où elle fut transférée après son hospitalisation, elle avait refusé les visites pendant plusieurs semaines. Elle ne pouvait concevoir d'avoir été prise ainsi en flagrant délit de faiblesse et de désespoir. Aux professionnels de santé qui s'étaient inquiétés de son geste, elle avait donné des motifs qu'elle jugeait rationnels : le stress, la peur de l'avenir, la fatigue après un long hiver…

Elle avait accepté de revoir ses parents lorsqu'elle s'était estimée suffisamment remise pour tenir un discours cohérent et adopter une attitude digne. Peu importait que, par ailleurs, elle se sentît comme une coquille vide, ayant à peine l'énergie nécessaire pour se tenir debout, marcher, parler, et plus aucune raison de continuer.

— La condition de mon rétablissement complet est simple, leur avait-elle dit. Si je reviens avec vous, vous devez déménager. Et même quitter le quartier. Il n'est pas question que je croise les voisins puisque tout le monde sait ce qui s'est passé.

Ce fut finalement son orgueil, plus que sa volonté de vivre, qui la sauva.

— Je suis allée à l'autre bout de la ville, lui expliqua-t-elle simplement.

Franck se tenait toujours debout, face à elle, de l'autre côté de la grille. Il avait lui aussi posé ses mains sur les barreaux. Ils ressemblaient à deux captifs qui tentaient de s'échapper dans des directions différentes. Les yeux dans le vague, il s'adressa à elle, mais il paraissait déjà ne plus la voir.

— Tu ressemblais à une poupée, dit-il. Une poupée de porcelaine fragile, avec ton teint pâle, ta bouche délicate. Tes petites mains. Je t'ai regardée pendant des années. Mais tu ne me voyais pas. Après tout, c'est normal. Pourquoi m'aurais-tu remarqué ? J'étais tellement plus jeune que toi, insignifiant. Et puis, en quelques mois, je t'ai vue changer. Je ne savais pas comment l'expliquer, mais j'ai compris qu'il t'était arrivé quelque chose.

Il s'interrompit, hésita, puis reprit, sur le ton de la confidence :

— J'ai demandé une paire de jumelles comme cadeau de Noël, cet hiver-là. J'aurais même pu commander un télescope, ou n'importe quoi d'autre. Mon père ne pouvait rien me refuser. Il avait de l'argent, même si on habitait dans une cité modeste. J'ai hérité de tout à sa mort.

Elise n'écoutait plus. Elle s'était figée lorsqu'il avait parlé des jumelles.

— Tu m'espionnais ? fit-elle, la voix basse, tremblante.

— Oui. Sinon, tu ne seras plus là. Je t'ai vue, au travers de ma fenêtre, t'habiller avec une drôle de robe et fermer les volets en pleine journée. J'ai tout de suite senti que quelque chose de suspect se tramait.

— Mais je ne t'ai rien demandé. Crois-tu que j'avais envie d'être sauvée ?

Elle se rendit compte qu'elle avait crié. Les mots avaient jailli malgré elle. Franck leva la tête vers elle, d'abord surpris. Puis il avoua :

— Je n'ai pas réfléchi. Et pourtant, j'aurais dû y penser. Ce n'est pas un cadeau, vivre. Pas quand on traîne ce qu'on a

fait comme un poids, comme toi. Pourquoi tant de remords ?
N'as-tu pas obtenu ce que tu voulais ? Ta vengeance ?

— Je ne suis pas comme toi.

Elle avait riposté d'une voix glaciale. Piqué, Franck lui
répondit sur le même ton :

— Non, c'est vrai, tu es une amatrice comparée à moi.
Mais c'est toi qui m'as donné des idées. Tu as été mon
inspiration.

A ces mots, Elise frissonna, et pour la première fois, eut
peur de lui. Il reprit, plus pour lui-même que pour Elise :

— Je t'ai croisée par hasard en ville, au mois de mars. Je
n'en suis pas revenu. Je ne m'attendais plus à rien après toutes
ces années, j'avais même fini par admettre ta disparition.
Hélas, je t'ai perdue de vue alors que tu t'engouffrais dans le
métro. Je n'ai pas pu te suivre. J'étais comme fou. Tous mes
repères étaient bousculés. Et un matin, quelques semaines
plus tard, alors que je me rendais dans le Vieux-Lyon à la
recherche d'un nouveau bien à acquérir, je l'ai vue. ELLE.
Elle te ressemblait tellement. J'ai cru qu'en vérité c'était elle
que j'avais rencontrée en ville. Comment avais-je pu
confondre, je l'ignore. J'en ai complètement oublié mon
rendez-vous. Je l'ai suivie. Cette garce affichait un sourire
béat. Elle déambulait de cour en cour, un appareil photo à la
main. Encore une qui devait se prendre pour une artiste. Et
puis, elle passait son temps à mettre sa main sur son ventre, à
le toucher d'un air satisfait...

Elise tressaillit. Tout son corps était tendu, toute son
attention dirigée vers Franck, dans l'attente de ses mots, qui,
espérait-elle, allaient enfin lui permettre de comprendre :

— Ce fut si facile... Un sourire, un air un peu égaré du
touriste qui admire les vieilles pierres. Elle m'a confié qu'elle

prenait des photos et qu'elle faisait des repérages pour son fiancé. Il s'installait enfin avec elle, elle voulait lui faire découvrir la ville. Nous étions dans une cour intérieure, seuls. J'avais mon petit canif sur moi, ce n'était pas l'idéal, mais j'ai fait avec les moyens du bord. La garce. Je devais lui faire payer de m'avoir donné de faux espoirs. Elle n'a rien vu venir, c'est fou, mais le costume cravate a le don d'endormir la méfiance…

Franck avait lâché la grille. La tête baissée, il tournait en rond dans la chapelle, poursuivant son monologue. Elise ne savait que faire. C'était sans doute le moment de partir, mais quelque chose la retenait là, dans cette pénombre, à écouter cet homme qui lui racontait ce qu'il avait de plus intime, de plus profondément enfoui.

— Je suis rentré chez moi. Et j'ai réfléchi. Peut-être était-ce vraiment toi que j'avais vue, en mars. Plus j'y réfléchissais, plus j'étais convaincu qu'elle ne te ressemblait pas tant que ça. Alors ma colère contre elle est retombée. Et puisque tu vivais quelque part, dans la ville, j'ai cherché le moyen d'attirer ton attention. Quand j'ai appris par les journaux l'identité de la victime, l'idée m'est venue. C'était un signe du destin, selon moi, que le prénom de cette femme commence par un E.

Ainsi, elle avait eu raison : l'énigme du tueur aux cierges se résumait à cela. A un jeu sordide, macabre, destiné à faire sortir Elise de sa tanière, à la débusquer comme un renard dont on enfume le terrier. Mais elle ne comprenait pas qu'il ait pu continuer lorsqu'il l'avait revue à Fourvière. Comme s'il devinait ses pensées, il ajouta :

— Cette fois-là, à Fourvière, j'ai pu te suivre. Je n'allais pas manquer ma chance une deuxième fois. Je savais que tu finirais par venir vers moi. Je devais occuper tes pensées comme tu occupais les miennes. Je devais devenir ton obsession, en t'envoyant ces messages que toi seule pouvais comprendre.

— Ça t'amusait, alors, de me voir te chercher ? J'ai finalement réussi à te retrouver.

Franck sourit :

— Le musée des Beaux-arts ? Sache que tu ne m'as retrouvé que lorsque je l'ai décidé...

De nouveau, son ton suffisant blessa Elise. Elle ne put réprimer son envie de le déstabiliser à son tour.

— Tu te crois supérieurement intelligent, n'est-ce pas ? Mais pourtant tu as été imprudent, en recrutant tes victimes parmi tes locataires.

Le sourire de Franck s'éteignit.

— Comment ça ?

— Et bien, oui, j'ai découvert cette information. Une de nos anciennes voisines m'a parlé de ta « profession ». Le reste était facile à déduire.

Les mains derrière le dos, Franck se mit à arpenter la chapelle d'un pas nerveux.

— Tu crois vraiment que j'ai été assez bête pour sacrifier mes locataires ? Oui, certaines m'ont loué des appartements. Mais je les ai choisies avec soin. Prends Irène, par exemple. Elle a décidé de me « quitter » voilà bientôt deux ans, pour devenir propriétaire.

Il s'interrompit, s'approcha d'elle. Ses doigts glissèrent le long des barreaux. Doucement, il posa sa main sur la sienne. Elise, pétrifiée, ne songea pas à l'enlever. Elle pensait à Liam, qui avait perdu sa compagne et son enfant. Comment

était-il parvenu à survivre après une pareille épreuve ? Comment avait-il pu conserver toutes ses qualités humaines qui transparaissaient malgré lui, malgré sa souffrance ?

— Et pour toi, je suis un monstre.

Voyant Elise ouvrir la bouche, il l'interrompit d'un geste.

— Ne dis rien. Ce n'est pas la peine. Je n'ai jamais existé pour toi. Il n'y avait qu'elle. C'est d'ailleurs pour cela que tu l'as assassinée. Tu vois, nous ne sommes pas si différents. Tu l'as tuée parce qu'elle était heureuse sans toi. Ces filles, elles étaient.... L'arrogance même. Satisfaites d'elles-mêmes, de leurs vies, hautaines et froides. Je leur ai rabattu leur caquet, à ces garces prétentieuses.

Que répondre ? Une part d'elle-même était horrifiée, mais une voix lui soufflait qu'elle comprenait, que le bonheur de tous ces inconnus était une insulte, un soufflet cinglant. A maintes reprises, elle avait elle aussi désiré prendre sa revanche sur ces individus aptes au bonheur, n'ayant pas même conscience d'être privilégiés, pensant mériter leur bonne fortune. Comme si le bonheur était un dû, une évidence indiscutable. Et tant pis pour ceux qui restaient au bord de la route : sans doute, dans leur autosatisfaction, se disaient-ils qu'ils l'avaient bien cherché.

Elle se revit, durant toutes ces années, tentant d'entrer en contact avec autrui, de s'intégrer, de se faire des amis, de mener une vie meilleure. Et toujours, ce mur auquel elle s'était heurtée. Elle avait tout essayé, lui semblait-il, pour le briser. Et puis elle avait arrêté, fatiguée de se battre pour obtenir ce que d'autres conquièrent sans effort, naturellement. Elle eut alors une pensée fugitive pour sa petite collègue à la vie parfaite, avec sa réunion pour bougies parfumées.

Franck tressaillit au bruit d'un son sourd, provenant de la sacristie.

— Je crois qu'il faut que tu t'en ailles, ajouta-t-il d'une voix douce. Il est bientôt l'heure.

Elise sursauta. Que voulait-il dire ? Elle ne pouvait pas le quitter, alors qu'elle venait de le trouver. Partir, pour aller où ? Rejoindre qui ? Il n'y avait personne, alors autant rester. Tout plutôt qu'affronter ce vide.

— Mais... Al... Franck... tu t'en vas ? Tu t'enfuis à l'étranger ?

Franck releva les sourcils d'un air perplexe.

— Je ne vais nulle part. J'en ai assez, Elise. Ça ne sert à rien, tout ça. Ils arrivent. Je leur ai fait savoir où je me trouvais.

Mais pourquoi ? Personne ne connaissait la vérité, à part elle. Avec son argent, ils pourraient partir, loin, recommencer. Franck interrompit le flot de ses pensées :

— Ne t'inquiète pas, je ne dirai rien. Mais de toute façon, ils ne me prendront pas vivant. Je ne les laisserai pas faire. Je ne serai jamais jugé, jamais condamné, donc innocent pour l'éternité.

Comme Elise allait protester, il l'arrêta :

— Non, écoute ; tu dois savoir. J'ai mis mes affaires en ordre. Je... Promets-moi d'avoir la vie que tu mérites. Promets-moi d'avoir ta revanche sur tous ces imbéciles.

Elise se cramponnait encore aux barreaux, prise de vertige. Le sol se dérobait sous ses pieds. L'atmosphère était glaciale, dans cette cathédrale. Elle frissonna, ne pouvant plus le regarder, fixant un point invisible sur le sol. Puis elle leva ses yeux humides vers lui. Ils restèrent un moment, à se dévisager. Puis Franck eut un mouvement d'impatience. La voix rauque, il lui cria :

— Mais va-t'en bon sang ! Va-t'en, je ne veux plus te voir !

Elle lâcha finalement les barreaux. La tête baissée, sans un dernier regard, elle tituba jusqu'à la grande porte. Derrière elle, l'obscurité, le silence et le calme. Dehors, elle le savait, l'attendaient la clarté, le bruit et le chaos. La porte de l'édifice se referma lentement sur lui.

Sur le parvis, elle cligna des yeux, resta immobile de saisissement. En face d'elle, sur la place Saint-Jean, dans le silence, attendait une cohorte de voitures et de fourgons de police. Une foule compacte s'était massée le long d'un cordon de sécurité qui ceinturait toute la place, jouant des coudes et se dévissant le cou pour mieux voir. Tout ce monde, pour lui ? Et pour elle ? Étaient-ce des passants, des curieux, des journalistes ? Il lui sembla qu'un film tournait au ralenti pendant qu'elle demeurait là, interdite. Des armes furent pointées sur elle. Un instant, elle crut sa dernière heure arriver, et faillit étendre les bras, comme pour accueillir le coup qui la délivrerait.

Un voile passa devant ses yeux, ses oreilles se mirent à siffler. Dans un brouillard qui lui parut de plus en plus opaque, elle vit une silhouette se débattre, franchir le cordon. En trois enjambées il l'avait rejointe, l'entoura de ses bras pour l'empêcher de chanceler. Il la soutint, la traîna, près d'un groupe de policiers en civil. Elise commençait à manquer d'air, elle éprouvait la sensation suffocante de se noyer. Des voix, des rugissements plutôt, lui parvinrent, étouffées :

— Norgret, arrête ça, je t'ai dit de ne pas t'en mêler !

— Mais vous voyez bien qu'elle est terrifiée. Elle a besoin d'aide, il a failli la tuer !

Mentait-il à dessein ? Croyait-il vraiment à ses histoires ? Ne voulait-il pas voir ? Plus rien n'avait d'importance. Elise, à travers la brume, crut entendre encore des bruits, à l'intérieur de la cathédrale. Et des hommes, lourdement équipés de casques et de gilets pare-balles, s'avançaient vers la porte.

Ils allaient entrer. Elise s'effondra. Puis ce fut le trou noir.

Epilogue

Ce qui suivit l'assaut ne fut qu'un indescriptible chaos, dont Elise ressortit presque indemne, sans pouvoir expliquer comment.

Dans le brouillard, la gorge nouée, les oreilles bourdonnantes, elle rentra chez elle en début de soirée. Durant cette journée interminable et éprouvante, elle était passée par toutes les affres possibles : la stupeur, la peine, l'abattement, la peur, l'angoisse.

Des bribes lui revenaient, se confondaient, se mélangeaient, formant un inextricable enchevêtrement dans son esprit fatigué.

Son réveil, dans une ambulance. Un médecin affirmant qu'elle était en état d'être entendue. Son transfert à l'Hôtel de Police, pour lui poser « simplement quelques questions ». Son assentiment hébété à cette suggestion. La nouvelle de la mort de Franck, dont les policiers parlaient entre eux. Liam, que ses collègues avaient écarté et qu'elle n'avait revu qu'en fin d'après-midi, lorsqu'elle fut enfin libérée. Un bureau confiné, trop étroit, qui lui donna la sensation d'étouffer, où elle demeura des heures. Des questions, trop pressantes, trop nombreuses, sur ses liens avec Franck et la raison de sa présence dans la cathédrale. Elle avait choisi de dire la vérité, le plus possible, estimant que les meilleurs mensonges sont ceux que l'on noie parmi des faits irréfutables.

Oui, elle avait vu Franck un jour à Fourvière, dans la crypte, près des cierges. Oui, c'était son ancien voisin et déjà à l'époque elle l'avait trouvé « bizarre ». Oui, la nouvelle que le tueur déposait un cierge près de ses victimes lui avait mis la puce à l'oreille, allez savoir pourquoi, intuition féminine ? Oui, elle avait trouvé une carte postale dans sa boîte aux lettres (elle l'avait gardée dans son sac à main et la remit de son plein gré aux enquêteurs). Oui, elle avait été assez bête, ou assez curieuse, ou assez naïve, pour aller voir de quoi il retournait sans prévenir personne, inconsciente, bien sûr, du danger qu'elle courait. Oui, Franck avait avoué être le tueur et avoir agi pour attirer son attention. Pourquoi ? Elle n'en avait pas la moindre idée. Il semblait, à l'époque déjà, être obsédé par elle, mais il ne l'avait jamais intéressée. Non, elle n'était jamais allée chez lui, ignorait où il habitait.

Et de nouveau Liam. Liam qui, alors qu'elle s'apprêtait à sortir enfin, l'avait retenue un long moment, l'entraînant dans une salle de réunion déserte. Il était resté dans les parages toute la journée, guettant son passage, afin de s'expliquer avec elle.

Il était désolé, lui avait-il confié, il l'avait surveillée. Comme Elise l'avait supposé, il s'était plongé dans les vieilles affaires non résolues après l'assassinat d'Emeline, faisant cavalier seul, avec sa douleur et ses questions sans réponse. Le meurtre d'Alexandra Viguier, quinze ans auparavant, avait retenu toute son attention. Persuadé qu'il s'agissait du même criminel, il avait tenté d'alerter sa hiérarchie, en vain, se heurtant à son incrédulité mêlée d'une pitié condescendante.

Il avait alors étudié le dossier en cachette, pendant son arrêt maladie de deux mois, poursuivant les recherches, se renseignant sur l'entourage d'Alexandra. Il avait ainsi découvert, abasourdi, qu'une amie de la victime, entendue comme témoin, présentait une ressemblance frappante avec Emeline.

Son flair de policier avait fait le reste. Il avait reçu l'aide d'un ami journaliste pour suivre cette piste et retrouver sa trace, en contrepartie d'informations confidentielles. Il était parti du postulat que le meurtrier d'Alexandra connaissait Elise, qu'il l'avait menacée et que c'était pour cette raison qu'elle s'était tue. « Ce que je ne m'explique pas, en revanche, avait-il ajouté, c'est qu'il ait mis près de quinze ans à recommencer. »

Elise était restée complètement silencieuse pendant la confession de Liam, soulagée de réaliser qu'il ne l'avait jamais soupçonnée. Il avait juré de ne rien révéler, même si, avait-il affirmé, ses collègues ne tarderaient pas à en arriver aux mêmes conclusions que lui. Elise détenait contre lui une information qu'il ne voulait pas voir diffuser. Ils étaient quittes. Elle lui dit simplement :

— Je suis désolée pour Emeline.

Les yeux de Liam s'étaient emplis de larmes, il avait serré sa main, sans rien dire, puis lui avait tourné le dos et disparu au bout d'un long couloir.

Lorsqu'elle referma la porte de son appartement, elle s'appuya un instant contre le chambranle, poussant un long soupir. Elle enleva sa veste d'un geste mesuré, jetant un œil distrait au sac de voyage qui gisait au pied du portemanteau. Puis elle avança, lentement, jusqu'à l'une des fenêtres, et l'ouvrit. Elle regarda sa ville, qui s'assoupissait doucement, en bas.

Elle se sentait littéralement drainée, vidée de toutes ses forces. Il lui semblait que quelque chose tombait en elle, qu'un poids se détachait et coulait, telle une ancre marine, au fin fond de l'abysse.

Alex. Pour la première fois depuis quinze ans, elle se la rappela distinctement. Ce n'était plus un fantasme, un souvenir rêvé, embelli, déformé. Alex avait été une jeune femme de vingt-trois ans. Leurs chemins s'étaient croisés à l'université, elles s'étaient perdues de vue, elles s'étaient retrouvées. Et quelles retrouvailles, comme un chant du cygne, un dernier baroud d'honneur dans la folie et la légèreté de l'adolescence ! Avec des années de retard. Alex avait toujours été elle-même, dans ses contradictions et ses manques. Elise se souvenait bien maintenant de ses moments de tristesse, de cette dépression profonde qui la rongeait. Elle se rappela tout à coup une scène fugitive, une Alex souriante, qui lui avait confié, comme pour plaisanter : « Et oui, Lisa, c'est comme ça. Je suis attirée par le côté obscur, mais je choisis de vivre dans la lumière, parce que c'est plus difficile... et plus intéressant. »

La réflexion était, alors, passée bien au-dessus des capacités de compréhension d'Elise, qui ne nourrissait pas les mêmes obsessions. Elle la comprenait, en cet instant. Au-delà des obstacles matériels qui avaient pu se dresser sur sa route, Alex s'était, avant tout, battue de toutes ses forces contre elle-même. Et Elise, qui n'avait pas su et pas pu engager cette bataille, le lui avait fait payer.

— Je suis désolée, dit-elle à voix haute.

Pourquoi les derniers mots qu'elle avait adressés à Alex lui revenaient à présent en mémoire ? Et Alex, dans un élan de son cœur généreux, avait essayé de la réconforter. « Je suis désolée, tellement désolée Alex. » Elle sentit une chaleur lui envahir la poitrine. Un nœud se fit dans sa gorge.

Tandis qu'elle contemplait les méandres de la Saône, la forêt des toits de tuiles rouges et les façades ocre, témoins de ses premières années emplies d'illusions, de son adolescence solitaire et de sa morne vie d'adulte, elle se sentit plus isolée que jamais. La boule dans sa gorge grossit encore, bloquant sa respiration, pendant qu'elle sentait la chaleur monter, et monter encore, jusqu'à son visage, jusqu'à ses yeux. *Promets-moi d'avoir la vie que tu mérites.* Qu'avait voulu dire Franck ? N'avait-elle pas déjà la vie qu'elle méritait ?

Elle sentit qu'il était grand temps de laisser ses larmes couler.

LE MOT DE L'AUTEUR

Chers lecteurs,

J'espère que vous aurez pris plaisir à suivre cette petite intrigue tordue... que j'ai imaginée pour explorer des thèmes qui me sont chers : la solitude des grandes villes, la quête d'une amitié idéale – et idéalisée — ainsi que l'immaturité affective.

Pour Elise, mon héroïne, la musique est la clé qui ouvre la porte de ses émotions enfouies... Afin de l'accompagner sur son chemin solitaire, j'ai recherché l'inspiration dans les chansons. L'atmosphère musicale dont je me suis entourée en écrivant m'a aidée à créer celle, toute particulière, de mon roman. Mes compagnons de labeur et -parfois- d'inspiration se nomment : Depeche Mode (j'ai donné à l'un de mes personnages l'anagramme du nom de Martin L. Gore, l'un des membres du groupe) Garbage, Dead Can Dance et Simple Minds principalement...

Si vous avez apprécié cette histoire, je vous invite à laisser un commentaire sur Amazon. Il est en effet important pour les auteurs autoédités d'obtenir des avis des lecteurs, afin de gagner en visibilité. Je vous remercie vivement par avance de ce petit coup de pouce.

J'espère vous retrouver bientôt pour de nouvelles aventures...

Edité par :
Nelly Oberson
61 rue de fontanières 69100 Villeurbanne
Prix : 6,99 TTC

Imprimé par CreateSpace (Etats-Unis)

Dépôt légal : septembre 2016

260